Diogenes Taschenbuch 21197

Walter de la Mare
Sankt Valentinstag
Phantastische Erzählungen

Herausgegeben und
aus dem Englischen übersetzt
von Elizabeth Gilbert
Zeichnungen von
Edward Gorey

Diogenes

Die vorliegenden Erzählungen
wurden den beiden Bänden *Best Stories of
Walter de la Mare* und *Some Stories*
Faber & Faber Ltd. London, 1942
und 1962, entnommen
Die deutsche Erstausgabe erschien
1965 unter dem Titel *Orgie – eine Idylle*
im Diogenes Verlag
Umschlagzeichnung von Edward Gorey

Veröffentlicht als Diogenes Taschenbuch, 1984
Alle Rechte vorbehalten
Copyright © 1965 by
Diogenes Verlag AG Zürich
40/84/8/1
ISBN 3 257 21197 X

Inhalt

Vorwort von Elizabeth Gilbert   7
Sankt Valentinstag   11
Miss Duveen   67
Seatons Tante   101
Die Vogelscheuche   169

WALTER DE LA MARE
1873–1956

Es ist mir eine besondere Freude, dem deutschsprachigen Leser diese wenn auch nur sehr kleine Auswahl aus dem umfangreichen Werk des englischen Dichters Walter de la Mare zur Kenntnis zu bringen. Reichgemusterten, phantasievollen orientalischen Geweben gleich breitet er seine oft traumhaften, märchenhaften Erzählungen vor uns aus, in denen die ganze Vielfalt der menschlichen Psyche ihren Ausdruck findet.

Mit Meisterschaft schildert er vor allem die Kinderpsyche. Er muß eine große Liebe und ein besonders tiefes Verständnis für Kinder gehabt haben, was sich schon darin äußert, daß er sehr viele seiner Gedichte speziell für Kinder geschrieben hat. Außerdem bestätigte es mir sein Enkel, Giles de la Mare, der mir erzählte, daß er sich als kleiner Junge oft mit seinem Großvater unterhalten habe, der die große Gabe besaß, Kinder dazu zu bringen, sich mitzuteilen, und ihnen mit größtem Interesse zuzuhören, ohne sich je gönnerhaft und erwachsen-überheblich zu gebärden. Er flößte ihnen nur das wunderbarste Vertrauen ein und gab ihnen das Gefühl der Sicherheit und die Zuversicht in ihren eigenen Wert.

Diese Einsicht in die Kinderpsyche offenbart sich auch in vielen seiner Erzählungen; ganz besonders aber in der vorletzten der vorliegenden Sammlung, ›*Die Posaune*‹. *Hier werden zwei Knaben geschildert, deren verschiedenartige Charaktere und ihre daraus sich ergebenden Handlungsweisen schicksalhaft zu einem tragischen Ende führen müssen.*

Das Seltsame und Zwischenschichtige, das Unausgesprochene und Ahnungsvolle wie in ›*Vermißt*‹ *und besonders in* ›*Sankt Valentinstag*‹*, und das oftmals Unheimliche, Übernatürliche seiner Themen wie in* ›*Seatons Tante*‹ *zum Beispiel, läßt der Phantasie seiner Leser einen weiten Spielraum und überläßt es ihnen, den jeweiligen Geheimnissen selber nachzuspüren. Sein Stil ist von einem seltenen poetischen Reichtum und zeigt eine Beherrschung und Schönheit der Sprache, die ihresgleichen sucht.*

Um so verwunderlicher ist es, daß ein Schriftsteller seines Ranges, der im englischen Sprachraum Millionen von Lesern nicht nur bekannt war, sondern von ihnen so geliebt und verehrt wurde, im deutschen Sprachgebiet fast, um nicht zu sagen gänzlich unbekannt bleiben konnte.

Von seinem persönlichen Leben wissen wir nur wenig. Und obwohl biographische Details zum Verständnis seines Werkes eigentlich unnötig wären, sind sie vielleicht doch aus anderen, abgesehen von literarischen Gründen, von Interesse. Forrest Reid sagt in seiner umfassenden Monographie über de la Mare: »*Eine solche biographische Einleitung... wie man sie dem Werk eines lebenden Autors vorausschicken mag, ist selten von* großer Wichtigkeit. Sein Leben ist etwas ganz Persönliches, und wenn seine Leser neugierig sind und etwas aus seiner Kindheit und Jugend erfahren wollen, hat er allein das Recht, dieses Interesse zu befriedigen.«

Walter John de la Mare wurde am 25. April 1873 in Charlton, einem kleinen Ort in Kent, geboren, wo sein Vater, James Edward de la Mare, als Kirchenvorstand amtete. Er war französischen Ursprungs und entstammte einer alten Hugenottenfamilie, die 1730 nach England eingewandert war. Seine Mutter, Lucy Sophia, hingegen war alter schottischer Herkunft und eine Tochter Dr. Colin Arrot Brownings, der als Schiffschirurg in der Woolwich-Schiffswerft tätig war, zur gleichen Zeit, als auch die de la Mares in Woolwich lebten. Dr. Colin Arrot Browning war der Großvater des Dichters Robert Browning.

Walter de la Mare erhielt seine Erziehung auf der St. Paul's-Cathedral-Schule, wo er im September 1889 im Alter von sechzehn Jahren eine Schulzeitung, ›The Chorister's Journal‹, gründete, in der er unter anderem auch seine ersten schriftstellerischen Versuche veröffentlichte. Aber schon Ostern 1890, also mit siebzehn Jahren, ging er erstaunlicherweise von der Schule ab, obwohl er während der letzten drei Semester trotz seiner anstrengenden und zeitraubenden Tätigkeit als Herausgeber der Schulzeitung Erster seiner Klasse gewesen war, und nahm eine Stellung im Londoner Büro der Standard Oil Company an. Er arbeitete achtzehn Jahre für diese Gesellschaft und war zuletzt in deren statistischer Abteilung, einem wahren Zahlensumpf, tätig. Und als ihn später einmal jemand fragte, ob er diese Arbeit nicht als widerwärtig empfunden habe, antwortete er darauf: »Ich glaube, man kann jede Arbeit, die unbedingt getan werden muß, mit Interesse tun.«

1894 heiratete er Constance Elfrida Ingpen, eine Frau, die älter war als er und auf deren kritisches Urteil er viel gab. Sie hatten vier Kinder, zwei Buben und zwei Mädchen. Aber erst im Jahre 1908 war es ihm vergönnt, seine Stellung aufzugeben, als ihm die damalige Asquith-Regierung ein Stipendium gewährte und ihn in der Folge mit hundert Pfund jährlich auf die Pensionsliste setzte. Diese Summe, zusammen mit dem Honorar, das ihm seine regelmäßigen literarischen Beiträge für englische und amerikanische Zeitungen und Zeitschriften eintrugen, ermöglichte es ihm endlich, ganz seiner schriftstellerischen Berufung zu leben. So kam es, daß Walter de la Mare schon fast fünfunddreißig Jahre alt war, als sein erstes Buch herausgegeben wurde. Von da an allerdings erschienen seine Bücher – Poesie sowohl wie Prosa – in steter Folge bis in sein hohes Alter.

Walter de la Mare starb am 22. Juni 1956 mit dreiundachtzig Jahren.

ELIZABETH GILBERT

Sankt Valentinstag

Mein alter Freund – ›der Graf‹, wie wir ihn zu nennen pflegten – machte zuweilen höchst seltsame Bekanntschaften. Ein Mensch brauchte nur Überzeugungskraft, einen Standpunkt, eine Verrücktheit, eine Schwärmerei zu haben, schon fand er in ihm einen eifrigen und begeisterten Zuhörer. Und obgleich er von seinen Neuentdeckungen oft irregeführt und enttäuscht wurde, hatte der Graf ein Herz, das gegen langes Enttäuschtsein unempfindlich war. Allerdings muß ich sagen, daß manche dieser jeweils auftauchenden Kumpane von ihm recht unerträglich waren. Und ich gestehe, ja, ich gebe es zu, daß ich, als er mir eines Nachmittags auf der High Street mit einem Begleiter am Arm entgegenkam, der noch redseliger und merkwürdiger war als seine sonstigen, auf die andere Straßenseite hinüberwechselte, nur um dem Paar nicht begegnen zu müssen.

Aber der Graf hatte zu scharfe Augen für mich. Er zog mich unbarmherzig mit meinem Snobismus auf. »Du mußt heute tatsächlich geglaubt haben, wir wollten dir aus dem Wege gehn«, sagte er und nahm meinen Protest mit beleidigender Gleichgültigkeit entgegen.

Aber am nächsten Nachmittag machten wir zusammen einen Spaziergang über die Heide, und vielleicht erinnerte ihn der Sonnenschein oder irgend etwas in der erfrischenden Kühle des Maiwetters an vergangene Zeiten.

»Du erinnerst dich doch an meinen etwas ausgefallenen Freund von gestern, Richard, der deine so überaus feinen Umgangsformen so verletzt hat? – Gut – dann werd' ich dir jetzt eine Geschichte erzählen.«

Ich habe mich bemüht, diese Geschichte aus der Kindheit des Grafen so genau wiederzugeben, wie ich mich daran erinnere, und wünschte doch gleichzeitig, ich hätte meines alten Freundes Erzählergabe. Dann behielte diese Geschichte nämlich auch noch beim Lesen etwas von dem Zauber, den er ihr verlieh, als er sie erzählte. Vielleicht liegt dieser Zauber auch nur in der Erinnerung an seine Stimme, seine Gesellschaft und seine Freundschaft. Wer könnte den Versuch wohl als eine Last empfinden, diese wiederzubeleben...?

»Das Haus meiner ersten Erinnerung, dieses Haus, das ich bis zu meiner letzten Stunde auf dieser Erde als meine Heimat betrachten werde, stand in einer kleinen grünen Mulde am Rande einer weiten Heide. Seine fünf oberen Fenster sahen weit nach Osten zu dem mit einem Wetterhahn gekrönten Kirchturm eines Dorfes hinüber, welches sich an dem steilen Hang eines Hügels hinunter ausbreitete. Und wenn man abends in dem gepflegten alten Garten spazierenging – ach, Richard, diese Krokusse, dieser Goldlack, diese Veilchen! – konnte man die Kornfelder sehen und die dunklen Ackerfurchen, über denen der Abendstern stand, und etwas weiter südlich einen Bergrücken mit Tannenwäldern und Farnkräutern.

Das Haus, der Garten und der große stille Obstgarten, alles war ein Hochzeitsgeschenk von einer Großtante, einer sehr alten Dame mit einer Art Turban, an meine Mutter gewesen. Ihre klugen Augen blickten mich aus ihrem Bild heraus an, wenn ich in meinem hohen Kinderstühlchen saß – und zwar ohne die geringste Strenge; aber manchmal mit einem leisen Spott, wie ich mir einbildete. In diesem Haus und Garten vergingen, beim Gesang der Lerche und den herbstlichen Klageliedern von Wind und Regen, die ersten langen neun all der inzwischen angehäuften, unentwirrbaren Jahre. Sogar heute noch bekomme ich Herzklopfen vor Sehnsucht, wieder mit noch unverbildeten Augen die luftigen Abendwolken zu betrachten und, genau wie damals, den beiden kurzen Pfeiftönen der Goldammer zu lauschen, die aus ihrem grünen Versteck hervordrangen. Ich erinnere mich noch genau an jeden Raum in diesem alten Haus, an die steilen Treppen und die kühle Vorratskammer, die nach Äpfeln duftete. Ich erinnere mich an das Kopfsteinpflaster bei der Spülküche, an den Brunnen, meinen alten toten Raben und die kahlen wispernden Ulmen. Am besten jedoch erinnere ich mich an die unermeßliche Pracht der Heide mit ihren Stechginsterbüschen und dem hohen Gewölbe sonniger Luft darüber, der morgendliche Tummelplatz aller wilden Vögel.

Martha Rodd war damals noch nichts weiter als ein sauberes kleines Ding, blaß und ernst, mit großen, nachdenklichen, puritanischen Augen. Mrs. Ryder, in ihrer steifgestärkten, blaugemusterten Uniform mit der verschlungenen Goldbrosche, war die Köchin. Außer diesen beiden war nur noch unser Gärtner, der alte Thomas da, ein Wesen, das wie eine Baumnymphe immer nur draußen und aus der Ferne zu sehen war; dann meine Mutter und der aufgeweckte kleine Junge, der unersättlich Geist, Magen und Seele nährte – meine Wenigkeit. Mein Vater hingegen schien nur wie ein vertrauter Gast im Hause zu weilen; ein zwar jederzeit innig erwünschter und willkommener Gast, aber einer, der nicht sehr erpicht darauf ist, zu bleiben. Er war ein dunkler Typ, mit grauen Augen und einem langen Kinn, ein Gesicht, das ungewöhnlich ausdruckslos, aber auch ungewöhnlich lebendig sein konnte. Je nachdem, wie es ihm seine kapriziöse Laune gerade eingab, war unser kleiner Haushalt entweder gedrückt oder von wildem Übermut. Ich werde nie die zauberhafte Fröhlichkeit vergessen, die er im Handumdrehen heraufbeschwören konnte, wo dann meine Mutter singend treppauf und treppab durch das Haus und in ihren kleinen Salon lief und Martha vor lauter Begeisterung ununterbrochen auf die Köchin einschwatzte, die das rotierende Roastbeef begoß, während ich beim Feuerschein zuschaute. Und auch die langen Sommerabende nicht, an denen mein Vater in allem ein Geheimnis, einen Zauber oder ein Wunder entdeckte und wir zusammen im Obstgarten saßen, über uns die grünen Äpfel, während er mir beim ersten goldenen Zwielicht des Mondes über den knorrigen Ästen Geschichten erzählte.

Das ist nun schon eine alte Erinnerung, Richard, aber lebendig, bis auf den heutigen Tag.

Der Wille meines Vaters, sein Wort, seine Launen und sein Stirnrunzeln hatten in unserem kleinen Haushalt die Bedeutung von Gesetzestafeln. Für meine Mutter war er der einzige Sinn ihres Lebens. Nur jener kleine Junge war, in gewisser Weise, unabhängig, unternehmungslustig, wißbegierig, folgsam und still; wenn auch zuweilen in die Bitterkeit geheimer Auflehnung gedrängt. In seiner Kindheit durchlebte er so verzweiflungsvolle Stunden, wie sie die späteren Jahre in ihrem Erbarmen nie mehr einem Herzen widerfahren lassen, das sich zwar noch daran erinnert, jetzt aber auch fähig ist, sich die Ursachen zu erklären. Doch damals versiegte auch der Brunnen des Lebensglücks. Zwischen den Stechginsterbüschen war das grüne Reich der Feen. Vor seinen abenteuerlustigen Augen stolperten bucklige Erdgeister, hüpften verzauberte Rotkehlchen durch die Ackerfurchen. Ariel trällerte in den Sonnenstrahlen und lugte aus allen Tautropfen hervor; und im Rauschen des Regens hörte er das Plätschern ferner Zauberbrunnen.

Aber mein Vater hielt es nie lange zu Hause aus. Nichts befriedigte ihn; er brauchte unbedingt Abwechslung. Und wenn er gezwungen war, seine Unrast zu verbergen, lag etwas so Bitteres und Anmaßendes in seinem Schweigen und ein so überheblicher Sarkasmus in seiner Art zu reden, daß wir es kaum ertragen konnten. Und das Bewußtsein dieser Macht, die er über uns hatte, diente in solchen Zeiten nur dazu, seine Verachtung auf die Spitze zu treiben.

Ich erinnere mich an einen Sommerabend, als wir Erdbeeren gepflückt hatten. Ich hatte ein Weidenkörbchen in der Hand und stöberte unter den aromatischen Blättern herum. Immer wieder rief ich meiner Mutter zu, sich doch nur mal anzusehen, was für ein ›Prachtexemplar‹ ich gerade gefunden hätte. Neben mir pflückte Martha und ärgerte sich, daß ihre beiden Hände ihren Herrn nicht schneller bedienen konnten. Und in einem wilden Wettstreit mit meiner Mutter half uns mein Vater pflükken. Bei jeder besonders reifen Beere nahm er meine Mutter in die Arme, um sie ihr mit Gewalt in den Mund zu stecken. Die von den Vögeln angepickten opferte er Pan, jeweils mit einem entsprechenden Vers. Und als die Sonne hinter den Hügeln versunken war und das Gekreisch der Krähen über den Wipfeln der Ulmen langsam verstummte, reichte er meiner Mutter den Arm, und wir trabten alle zusammen den langen, gewundenen Pfad entlang und über den Rasen und trugen unsere Ernte in den kühlen, dämmrigen Hausflur. Beim Hineingehen sah ich im Halbdunkel, wie meine Mutter sich impulsiv über seinen Arm beugte und ihn küßte. Unwillig stieß er ihre Hand zurück und ging in sein Arbeitszimmer. Ich hörte die Tür zuschlagen. Kurz darauf rief er und verlangte Kerzen. Und als ich im Zwielicht jene andern beiden Gesichter ansah, erkannte ich mit dem Instinkt der Jugend, daß wir ihm alle plötzlich auf den Tod zuwider waren, und ich wußte, daß meine Mutter meine Empfindung teilte. Sie setzte sich in ihren kleinen Salon, nahm ihr Nähzeug zur Hand, und ich setzte mich zu ihr. Aber ihr Gesicht hatte plötzlich seine ganze Mädchenhaftigkeit wieder eingebüßt, als sie ihren Kopf über das weiße Leinen neigte.

Ich glaube, sie war glücklicher, wenn mein Vater weg war; denn dann konnte sie sich, unbeschwert von ihrem ängstlichen Bemühen, sich den ständig wechselnden Launen meines Vaters anzupassen, Hoffnungen hingeben und Vorbereitungen für seine Rückkehr treffen. Im Garten stand ein kleines Sommerhaus, eine Laube, wo sie allein zu sitzen pflegte, während die Schwalben durch die Abendluft jagten. Es kam auch vor, daß sie mich auf einen langen Spaziergang mitnahm, geistesabwesend auf mein Geplapper lauschend, und ich glaube, nur um des Vergnügens willen, sich vorzustellen, daß mein Vater überraschend heimgekehrt sei und in diesem Augenblick sogar schon sehnsüchtig darauf wartete, uns zu begrüßen. Aber solche Erwartungen wurden immer enttäuscht. Dann sprach sie streng und kalt mit mir, beschimpfte Martha wegen grenzenloser Dummheit und sah nichts als Eitelkeit und Hohn in allem, was noch eben ihr Wunschtraum gewesen war.

Ich glaube, sie wußte fast nie, wo mein Vater sich aufhielt, wenn er so lange von Hause fort war. Meist blieb er eine Woche lang bei uns, um sich dann einen ganzen Monat überhaupt nicht um uns zu kümmern. Sie war viel zu stolz, und wenn er normal war, viel zu glücklich und hoffnungsfroh, um ihn auszufragen, und er schien es zu genießen, sein Tun und Lassen vor ihr geheimzuhalten. Ja, manchmal schien er tatsächlich ein Geheimnis vorzutäuschen, wo gar keins war, und in allem, was er tat, bestrebt zu sein, seinen Charakter und sein Benehmen verrückt und unerklärlich erscheinen zu lassen.

So verging die Zeit. Doch es schien, daß das Haus mit jedem Monat, der verstrich, nicht mehr so fröhlich und glücklich war wie zuvor. Etwas verblaßte und schwand dahin, was unwiederbringlich war. Die Entfremdung vertiefte sich immer mehr.

Ich glaube, der Kummer vertrieb schließlich sogar schon die leiseste Regung ihrer früheren Fröhlichkeit aus dem Gemüt meiner Mutter. Sie verschloß ihr Herz, aus Angst, die Liebe könnte aufs neue in ihre innere Öde einbrechen.

Am Guy Fawkes'-Tage* erzählte Martha mir, als sie mich zu Bett brachte, daß eine neue Familie in den Ort auf der andern Seite der Heide gezogen sei. Von da an blieb mein Vater nur noch selten länger von uns fort.

Im Anfang gab meine Mutter ihrer Freude darüber in tausendfältiger Weise Ausdruck – durch besondere Leckerbissen, die sie sich ausdachte und kochte, durch Bänder in ihrem dunklen Haar oder durch neue Lieder (obwohl sie nur eine kleine dünne Stimme hatte). Sie las ihm zu Gefallen und jagte mich ihm zuliebe bis zur Erschöpfung mit sinnlosen Aufträgen herum. Ein Wort der Anerkennung entschädigte sie für viele mühevolle Stunden. Aber nach und nach, als mein Vater Abend für Abend außer Hause zubrachte, begann sie unsicher und einsilbig zu werden. Und wenn sie sich auch nicht offen beklagte – ihr bekümmertes Gesicht und das unablässige Forschen ihrer Augen ärgerten und irritierten ihn maßlos.

* Der Guy Fawkes'-Tag ist der 5. November, der Tag des Gunpowder Plots (der Schießpulver-Verschwörung). Dieser Tag wird gefeiert wegen des mißglückten Anschlags, am 5. November 1605 King James und das Parlament mit den Lords und Commoners aus Rache für die Gesetze gegen die Katholiken in die Luft zu sprengen.

›Wohin geht denn mein Vater immer nach dem Essen?‹ fragte ich Martha eines Abends, als meine Mutter bei mir im Schlafzimmer war und meine Sachen zusammenlegte, die ich gerade ausgezogen hatte.

›Was fällt dir ein, solche Fragen zu stellen?‹ sagte meine Mutter. ›Und was fällt *dir* eigentlich ein, mit dem Kind über das Kommen und Gehen deines Herrn zu reden?‹

›Aber wohin geht er denn?‹ drang ich in Martha, als meine Mutter aus dem Zimmer gegangen war.

›Pst jetzt, Master Nicholas‹, entgegnete sie, ›haben Sie nicht gehört, was Ihre Mama gesagt hat? Sie ärgert sich doch nur darüber, die arme Frau, daß der Herr niemals den ganzen Tag zu Hause bleibt, sondern nichts im Kopf hat als diese dummen Karten, Karten und nochmals Karten, wo sie da jeden Abend bei Mr. Grey spielen. Wie oft habe ich schon um zwölf Uhr nachts oder ein Uhr morgens seine Schritte auf dem Kies unter meinem Fenster gehört! Aber kränken Sie sich nicht, sie *meint* es gar nicht so böse, wie sie es sagt, glauben Sie mir, Master Nicholas. Eifersucht ist eine schreckliche Pein, und es ist weder edel noch männlich, sie zu wecken. Mrs. Ryder ist wegen der Eifersucht ihr Leben lang Witwe geblieben, und es war nur noch eine Woche bis zur Hochzeit mit ihrem Zweiten.‹

›Aber warum ist denn meine Mutter eifersüchtig, wenn mein Vater Karten spielt?‹ fragte ich sie.

Martha zog mir das Nachthemd über den Kopf. ›Schscht, Master Nicholas, kleine Buben sollen nicht soviel fragen. Und ich hoffe, wenn Sie eines Tages groß und ein Mann geworden sind, mein Herz, werden Sie Ihrer Mutter ein Trost sein. Sie hat es nötig, die arme Seele, und weiß der liebe Himmel, jetzt am allermeisten!‹ Ich blickte Martha forschend ins Gesicht, aber sie legte mir die Hand über die Augen; und statt weiterzufragen, sprach ich mein Abendgebet für sie.

Ein paar Tage später saß ich bei meiner Mutter im Zimmer und hielt ihr die graue Wolle, die sie zu einem Knäuel aufwickelte, als mein Vater hereinkam und mich aufforderte, Hut und Halstuch anzulegen. ›Er wird einen Besuch mit mir machen‹, sagte er kurzangebunden zu meiner Mutter. Während ich aus dem Zimmer ging, hörte ich sie fragen: ›Wohl bei deinen Freunden auf dem Gutshof, wie ich annehme?‹

›Von mir aus kannst du annehmen, was dir paßt‹, erwiderte er. Ich hörte, wie meine Mutter aufstand, um das Zimmer zu verlassen, aber er rief sie zurück, und die Tür wurde geschlossen...

Das Zimmer, in dem die Kartenspieler saßen, war sehr niedrig. In der Nähe des Fensters stand ein Flügel, ein Rosenholztisch mit einem schönen dunkelkarminroten Handarbeitskorb stand beim

Kamin und, in einem kleinen Abstand davon, ein grüner Spieltisch mit brennenden Kerzen. Mr. Grey war ein schlanker, eleganter Mann, mit einer hohen, schmalen Stirn und langen Fingern. Major Aubrey war ein kleiner, ziemlich wortkarger Mann mit einem rosigen Gesicht. Außerdem war noch ein jüngerer blonder Mann da. Alle schienen sehr gut miteinander zu stehen, und ich half, die Karten zusammenzunehmen und die Silberstücke übereinanderzuschichten. Dabei nippte ich mit Mr. Grey an einem Gläschen Sherry. Mein Vater redete kaum; er spielte mit tiefem Ernst und leicht gerunzelter Stirn. Um mich kümmerte er sich überhaupt nicht.

Nach einer gewissen Zeit öffnete sich die Tür, und eine Dame kam herein. Das war Jane, die Schwester von Mr. Grey, wie sich herausstellte. Sie setzte sich an ihren Arbeitstisch und zog mich an ihre Seite.

›Sieh mal an, also *das* ist Nicholas!‹ sagte sie. ›Oder nur Nick?‹

›Nicholas‹, antwortete ich.

›Natürlich‹, meinte sie lächelnd, ›außerdem gefällt mir das auch viel besser. Wie lieb von dir, daß du mich besuchen kommst! Du sollst mir nämlich Gesellschaft leisten, weißt du, weil ich mich beim Kartenspielen so furchtbar dumm anstelle. Aber ich unterhalte mich für mein Leben gern, du nicht auch?‹

Ich sah ihr in die Augen, und da wußte ich, daß wir Freunde waren. Sie lächelte wieder mit geöffneten Lippen und berührte meinen Mund mit ihrem Fingerhut. ›Aber jetzt erst mal das Wichtigste – auf *mich* kommen wir später noch zurück. Die Sache ist nämlich die: ich habe drei verschiedene Sorten von Kuchen, weil ich mir dachte: Jane, du hast doch nicht die leiseste Ahnung, welche Sorte er am liebsten mag. Wollen wir? Komm, du sollst wählen.‹

Sie stand auf und schloß die hohe Tür eines schmalen Schrankes auf, wobei sie zu den Kartenspielern hinübersah, während sie sich bückte. Ich erinnere mich noch heute an die Kuchen, kleine, ovale Mürbeplätzchen mit einem Wabenmuster, Vanillecreme und Apfeltaschen; dazu ein großes Deckelglas voll Bonbons, das ich mit beiden Händen um den viereckigen Tisch trug. Ich nahm eine Apfeltasche und setzte mich auf eine Fußbank, dicht neben Miss Grey, und sie sprach mit mir, während sie mit ihren schmalen Händen an ihrer Spitzenstickerei arbeitete. Ich erzählte ihr, wie alt ich sei und von meiner Großtante und ihren drei Katzen. Ich erzählte ihr meine Träume und wie gern ich Yorkshire-Pudding äße, ›so unter dem Fleisch weg, wissen Sie?‹ Und ich sagte ihr, daß ich meinen Vater für den schönsten Mann hielte, den ich je gesehen hätte.

›Was?‹ sagte sie lachend und sah an ihrer Nadel

entlang auf mich hinunter, ›sogar schöner als Mr. Spencer?‹

Ich erwiderte, daß ich für Geistliche nicht sehr viel übrig hätte.

›Und warum nicht?‹ fragte sie ganz ernst.

›Weil sie nicht natürlich reden‹, sagte ich.

Sie lachte hell auf. ›Tun denn das Männer jemals?‹

Und ihre Stimme war so sanft und melodisch, ihr Hals so graziös, daß ich fand, sie sei eine sehr schöne Frau. Und was ich besonders an ihr bewunderte, waren ihre dunklen Augen, wenn sie mich strahlend und doch halb traurig anlächelte. Ich versprach ihr noch, daß ich ihr mein Kaninchengehege und den Mühlteich zeigen würde, wenn sie sich mit mir auf der Heide treffen wolle.

›Na, Jane, was halten Sie von meinem Sohn?‹ fragte mein Vater sie, als wir im Begriff waren zu gehen.

Sie neigte sich zu mir herunter und drückte mir als Glücksbringer ein Vierpence-Stück in die Hand. ›Ich liebe Vierpence, hübsche kleine Vierpence, ich liebe Vierpence über alle Maßen‹, flüsterte sie mir dabei ins Ohr. ›Aber das ist ein Geheimnis‹, fügte sie, über ihre Schulter nach oben blickend, hinzu. Sie küßte mich flüchtig aufs Haar. Während sie mich liebkoste, sah ich meinen Vater an, und es kam mir vor, als husche ein leicht spöttisches Lächeln über sein Gesicht. Doch als wir zum Dorf hinaus und auf die Heide kamen, nahm uns die kühle Nacht auf. Und als wir zusammen den Weg zwischen den Stechginsterbüschen entlangspazierten, jetzt über Torf und dann wieder über steinigen Boden, schien er mir noch nie ein so wunderbarer Kamerad gewesen zu sein. Er erzählte mir kleine Geschichten, fing hundert an und erzählte keine zu Ende; doch mit den Sternen über uns schienen sie sich wie die leuchtend bunten Perlen einer Kette aneinanderzureihen. Wir blieben in der dunklen Weite stehen, während er jenes seltsamste aller alten Lieder pfiff – ›Das Lied, das die Sirenen sangen‹. Er machte sich über mich lustig und redete wie ein Doppelgänger von mir. Doch als wir – ach, wie viel zu schnell, dachte ich schweren Herzens bei mir – beim Gartentor angekommen waren, drehte er sich einen Moment um und starrte über die windige Heide in die Ferne.

›Wie trostlos, eintönig und schal…‹, begann er, brach aber mit einem verlegenen Auflachen und einem Seufzer ab. ›Hör mich an, Nicholas‹, sagte er, indem er mein Gesicht den Sternen entgegenhob, ›du mußt ein Mann werden – ein *Mann*, verstehst du: keine Hysterien, kein Posieren, keine Launen; und vor allem, keine Lügen. Keine Lügen. Das ist deine einzige Chance in diesem festgefügten System – die einzige, die du hast.‹ Er betrachtete mein Gesicht lange und forschend. ›Du hast die Augen deiner Mutter‹, sagte er nachdenklich. ›Und *das*‹, fügte er flüsternd hinzu, ›ist, weiß Gott, kein

Spaß.‹ Er stieß das quietschende Tor auf, und wir gingen ins Haus.

Meine Mutter saß in ihrem niedrigen Sessel vor einem heruntergebrannten, langsam verglühenden Feuer.

›Nun, Nick‹, sagte sie sehr freundlich, ›wie hat dir denn dieser Abend gefallen?‹

Ich starrte sie nur wortlos an. ›Hast du mit den Herren Karten gespielt, oder hast du die Grammophonplatten umgedreht?‹

›Ich habe mit Miss Grey gesprochen‹, sagte ich.

›Sieh mal an‹, sagte meine Mutter und zog die Augenbrauen in die Höhe. ›Und wer *ist* diese Miss Grey?‹ Mein Vater sah uns lächelnd mit blitzenden Augen an.

›Mister Greys Schwester‹, antwortete ich mit leiser Stimme.

›Also nicht seine Frau?‹ Meine Mutter sah angelegentlich ins Feuer. Ich blickte unsicher zu meinem Vater hinüber, kam aber mit meinen Blicken nicht über seine Knie hinaus.

›Du Dummchen!‹ sagte er lachend zu meiner Mutter. ›Sowas von Scharfschießen! Mach dir keine Gedanken, Sir Nick. Lauf jetzt! Mach, daß du ins Bett kommst, kleiner Mann!‹

Meine Mutter packte mich rauh am Ärmel, als ich an ihrem Stuhl vorbei wollte. ›Du willst mir wohl keinen Gutenachtkuß geben‹, sagte sie, und ihre schmale Unterlippe zitterte vor Wut, ›also auch du!‹ Ich küßte sie auf die Wange. ›So ist's richtig, mein Lieber‹, sagte sie zornig, ›genau so küssen kleine Fische.‹ Sie erhob sich und raffte ihre Röcke. ›Ich lehne es ab, in diesem Zimmer zu bleiben‹, sagte sie von oben herab; und aufschluchzend eilte sie hinaus.

Mein Vater lächelte noch immer, doch es war nur ein Lächeln, das aus mangelnder Gravität stehen geblieben zu sein schien. Er stand ganz still da, so still, daß ich Angst bekam, er müßte mich bestimmt denken hören. Dann setzte er sich mit einer Art Seufzer an den Schreibtisch meiner Mutter und kritzelte mit seinem Bleistift ein paar Worte auf ein Stück Papier.

›Hier, nimm das, Nicholas, und klopf noch schnell damit bei deiner Mutter an. Gute Nacht, alter Freund.‹ Er nahm meine Hand und sah mir mit einem rückhaltlosen, eigenartigen Vertrauen lächelnd in die Augen, das mich auf der Stelle zu seinem Verbündeten machte. Geschmeichelt lief ich die Treppe hinauf und entledigte mich meines Auftrags. Meine Mutter weinte, als sie die Tür aufmachte.

›Was willst du?‹ fragte sie mit leiser, zitternder Stimme.

Aber gleich darauf, während ich noch zögernd im dunklen Korridor stand, hörte ich sie eilig hinunterlaufen, und nach einer Weile kamen mein Vater und meine Mutter zusammen Arm in Arm die

Treppe herauf; und nach dem fröhlichen Geplauder und Gelächter meiner Mutter hätte man glauben können, sie habe Kummer und Verdruß überhaupt nie kennengelernt.

Soviel Glück und Jugendlichkeit habe ich später in ihrem Gesicht niemals wieder gesehen wie am nächsten Morgen, als sie mit uns beim Frühstück saß. Der Wabenhonig, die kleinen goldfarbenen Chrysanthemen und ihr gelbes Negligé wirkten so zart wie eine Miniatur. Bei jedem ihrer Worte warf sie meinem Vater einen versteckten Blick zu, mit einem Lächeln, das gleichsam zwischen ihren Lidern hing. Sie war so strahlend und mädchenhaft und so sprühend, daß ich das gequälte, kränkliche Gesicht von gestern abend kaum wiedererkannt hätte. Mein Vater schien genauso viel Freude, oder auch Erleichterung, über ihre gute Laune zu empfinden wie ich und machte sich ein Vergnügen daraus, seine Erfindungsgabe spielen zu lassen, um sie noch mehr in Stimmung zu bringen.

Dieser Morgen des Frohsinns jedoch war schnell verflogen; und als der kurze trübe Tag zu Ende ging, hatte seine Düsterkeit das ganze Haus durchdrungen. Am Abend überließ uns mein Vater wieder unserer Einsamkeit, wie gewöhnlich. In jener Nacht lag dichter Nebel über der Heide, und ein leichter warmer Regen fiel.

Mit der Zeit blieb ich mir immer mehr selbst überlassen, bis ich mich schließlich so an meine eigene kümmerliche Gesellschaft, meine kindlichen Gedanken und Sorgen gewöhnte, daß ich soweit kam, die Verzweiflung meiner Mutter fast mit Gleichgültigkeit zu betrachten und zu kritisieren, bevor ich noch gelernt hatte, Mitleid zu haben. Und darum glaube ich auch nicht, daß meine Weihnachtsfreude viel kleiner war als sonst, obwohl mein Vater abwesend war und unsere kleinen Feierlichkeiten ihren Reiz verloren hatten. Ich bekam eine Menge guter Dinge zu essen und Geschenke und von Martha ein Bilderbuch. Ich bekam auch ein neues Schaukelpferd – wie unverändert und gelassen mir doch sein scheckiges, abgewetztes Gesicht noch jetzt, nach so vielen Jahren, vor Augen steht! Wir hatten kaltes, klares Wetter, und am Sankt Stephanstag lief ich hinaus, um zu sehen, ob auf dem Mühlteich schon ein bißchen Eis sei.

Ich hockte gerade am äußersten Ende des Teichs und schnippte mit den Fingern die spröden Eissplitter in die Luft, als ich durch die Stille eine Stimme meinen Namen rufen hörte. Es war Jane Grey, die mit meinem Vater über die Heide spazierte und mich gerufen hatte, als sie mich aus der Ferne beim Wasser hatte hocken sehen.

›Siehst du, Nicholas, ich habe mein Versprechen gehalten‹, sagte sie und nahm mich bei der Hand.

›Sie hatten aber versprochen, allein zu kommen‹, erwiderte ich.

›Gut, dann will ich das auch tun‹, sagte sie. Und sich zu meinem Vater umdrehend, fügte sie hinzu: ›Auf Wiedersehen! Drei geht nicht, wie Sie sehen. Nicholas wird mich zum Tee nach Hause begleiten, und wenn Sie wollen, können Sie ihn am Abend abholen. Natürlich nur, wenn Sie wollen!‹

›Bitten Sie mich, zu kommen?‹ fragte er beleidigt. ›Liegt Ihnen denn etwas daran, ob ich komme oder nicht?‹

Sie sah zu ihm auf und sprach jetzt mit großem Ernst. ›Sie sind doch mein Freund‹, sagte sie. ›Natürlich liegt mir etwas daran, ob Sie bei mir sind oder nicht.‹ Er blickte sie forschend, unter halb geschlossenen Lidern an. Sein Gesicht war verbittert und finster vor Gereiztheit. ›Wie Sie auf den Worten herumreiten, Sie pedantische Jane! Glauben Sie, ich bin noch ein Jüngling? Vor zwanzig Jahren einmal, jetzt ... jetzt amüsiert es mich nur noch, euch Frauen reden zu hören. Echtes Gefühl gibt's bei euch selten.‹

›Ich glaube kaum, daß ich ganz gefühllos bin‹, entgegnete sie. ›Sie sind etwas schwierig, wissen Sie.‹

›Schwierig‹, wiederholte er spöttelnd. Er beherrschte sich und zuckte die Achseln. ›Sehen Sie, Jane, das ist alles nur Tünche, ich prahle mit meiner Gleichgültigkeit. Das ist der einzige Unfug einer Philosophie, den das Alter keinem verbietet. Es ist so leicht, scheinbar heroisch, freundlich, verschlossen, gesellig oder dramatisch zu sein – Sie wissen das vielleicht selbst nur zu gut. Aber wenn man dann aufhört zu lächeln, ist die Komödie des Lebens letzten Endes nur die abgestandenste Posse. Oder die Vergoldung blättert ab und die Talmitragödie kommt zum Vorschein. Und darum, wie gesagt, reden wir weiter, auch wenn wir nichts mehr empfinden. Nach und nach begraben wir unsere Hoffnungen, unsere Irrtümer treten zutage, und das Geheimnis des Lebens entpuppt sich nur als ein Taschenspielerkunststück. Es ist das Alter, meine liebe Jane, das Alter. Man versteinert langsam. Für euch Junge ist das Leben noch ein Traum. Fragen Sie mal Nicholas hier!‹ Er zuckte die Achseln und fügte dann leise hinzu: ›Aber man wacht auf einem verdammt harten Lager auf.‹

›Sie reden natürlich nur so klug daher, das ist mir klar‹, sagte Jane langsam, ›und ob es stimmt oder nicht, spielt dann gar keine Rolle mehr für Sie. Ich bezweifle, daß Sie es wirklich so meinen, und darum ist es belanglos. Ich kann und will es nicht glauben, daß Sie so gefühlsarm sind – ich kann es einfach nicht.‹ Sie lächelte noch immer, doch es kam mir so vor, als glänzten Tränen in ihren Augen. ›Das ist alles nur Gerede und Verstellung. Wir sind gar nicht solche jämmerlichen Sklaven der Zeit, wie Sie sich einzureden versuchen. Man muß einen Weg finden, sich durchzukämpfen.‹ Sie wandte sich ab; dann fügte sie zögernd hinzu: ›Sie verlangen von mir, furchtlos und ehrlich zu sein und mein Herz sprechen zu lassen. Tun *Sie* es denn? frage ich mich.‹

Mein Vater sah sie nicht an. Er schien auch ihre Hand nicht bemerkt zu haben, die sie ihm halb entgegenstreckte und ebenso schnell wieder zurückgezogen hatte. ›Die Wahrheit ist, daß ich über Vierzig bin, Jane, und die Ehrlichkeit hinter mir habe. Und was das Herz angeht, so wird es mit Vierzig ein ziemlich zweifelhaftes Organ. Leben, Sorge, Egoismus, Überheblichkeit – nennen Sie es, wie Sie wollen –, alles zusammen hat mich gründlichst verdorben, und ich habe einfach keine Lust, so zu tun, als sei es nicht so. Und wenn strahlende Jugend und Gefühl dahin sind, nun, dann sollte man am besten auch gleich selber verschwinden, meine Teure! Das Dasein stellt sich hinterher nur als eine grenzenlose Leere heraus. Allerdings bleibt einem immer noch der dümmste und banalste Ausweg offen: es zu ignorieren.‹ Er schwieg einen Augenblick. Eine tiefe, eigenartige Stille hüllte uns ein. Kein Lüftchen regte sich. Der winterliche Himmel war unbeschreiblich friedlich. Dann fuhr die leise, leidenschaftslose Stimme fort: ›Dazu kommt man, wenn das Richtige zu tun eine zu einfache, zu triviale Sache und die Anstrengung nicht wert zu sein scheint; und das Falsche eine Dummheit – zu stumpfsinnig... Da hast du sie, Nicholas, paß gut auf sie auf, hörst du? Da hast du sie mit

Haut und Haar. Au revoir – auf mein Wort, ich wünschte fast, es wäre auf Nimmerwiedersehen.‹

Jane Grey sah ihn offen an. ›Wenn es so ist, bin ich genauso dafür‹, erwiderte sie mit leiser Stimme, ›denn ich werde Sie ja doch nie verstehen. Vielleicht würde ich es sogar verabscheuen, Sie zu verstehen.‹

Mein Vater kehrte uns mit einem gezwungenen Auflachen den Rücken und ging davon.

Miss Grey und ich wanderten langsam an den frostgrauen Sumpfbinsen entlang, bis wir uns dem Walde näherten. Farne und Heidekraut waren verdorrt. Die Erde war schwarz und von den herbstlichen Regen gesättigt. Tannenzapfen lagen unter den dunkelgrünen Zweigen im Moos. Jetzt herrschte völlige Stille an diesem kalten Nachmittag. In der Ferne flogen träge ein paar heiser krächzende Krähen auf und ließen sich in den Ackerfurchen nieder. Ein paar andere flogen mit kurzen Flügelschlägen oben am blassen Himmel vorüber.

›Was hat denn mein Vater damit gemeint: Er wünschte, es wäre auf Nimmerwiedersehen?‹ fragte ich sie.

Aber meine Begleiterin antwortete mir nicht mit Worten. Sie preßte nur meine Hand. Sie schien so schlank und graziös, als sie neben mir auf dem harten Boden dahinschritt. In meiner Vorstellung kam mir meine Mutter jetzt klein und linkisch dagegen vor. Ich fragte sie aus über das Eis, über den roten Himmel, und ob bei uns im Walde auch Misteln wüchsen. Ab und zu stellte auch sie mir Fragen, und wenn ich ihr antwortete, sahen wir einander an und lächelten und schienen beide dasselbe zu empfinden – welch reines Glück mich in ihrer Gesellschaft erfüllte. Auf halbem Weg zu den Weißdornhecken beugte sie sich im kalten Zwielicht zu mir herunter und legte beide Hände auf meine Schultern: ›Mein lieber, lieber Nicholas‹, sagte sie, ›du mußt deiner Mutter ein guter Sohn sein – gehorsam und lieb, versprichst du mir das?‹

›Er spricht jetzt überhaupt kaum noch mit Mutter‹, antwortete ich instinktiv.

Sie preßte ihre Lippen auf meine Wange, und ich spürte die Kälte ihrer Wange an meiner. Dann schloß sie mich in die Arme. ›Küß mich‹, sagte sie. ›Wir müssen doch unser Bestes tun, nicht wahr?‹ sagte sie eindringlich, während sie mich eng umschlungen hielt. Betrübt blickte ich in die zunehmende Dunkelheit. ›Das ist leicht, wenn man erwachsen ist‹, sagte ich. Sie lachte und küßte mich wieder; und dann faßten wir uns bei den Händen und rannten auf die Lichter hinter den Weißdornhecken zu, bis wir völlig außer Atem waren...

Ich war schon eine Weile im Bett und lag, eingehüllt in seine Wärme, noch wach, als meine Mutter leise durch die Dunkelheit in mein Zimmer kam. Sie setzte sich auf mein Bett; ihr Atem ging rasch. ›Wo bist du den ganzen Abend gewesen?‹ fragte sie mich.

›Miss Grey hat mich zum Tee eingeladen‹, antwortete ich.

›Habe ich dir erlaubt, zu Miss Grey zum Tee zu gehen?‹

Ich gab keine Antwort.

›Wenn du noch einmal in dieses Haus gehst, kriegst du Prügel von mir. Hast du gehört, Nicholas? Allein oder mit deinem Vater – wenn du ohne meine Erlaubnis noch einmal dorthin gehst, prügle ich dich durch. Du hast schon lange keine Schläge bekommen, wie?‹ Ich konnte ihr Gesicht nicht erkennen, aber ihr Kopf war zu mir heruntergebeugt, als sie – fast kauernd – auf meinem Bettrand saß.

Ich sagte kein Wort. Aber als meine Mutter hinausgegangen war, ohne mich zu küssen, weinte ich lange lautlos vor mich hin in meine Kissen. Etwas war plötzlich in meiner Seele zerbrochen, um nie wieder zu klingen. Das Leben war etwas kälter und fremder geworden. Ich war immer hauptsächlich auf meine eigene Gesellschaft angewiesen gewesen; jetzt hatte sich eine neue Gefühlsbarriere zwischen mir und der Welt und ihrer bisherigen Sorglosigkeit und meinem Vermögen, diese Barriere niederzureißen, aufgerichtet.

Jetzt verging kaum eine Woche ohne bittere Auseinandersetzungen. Ich schien fortgesetzt zu versuchen, dem Geräusch zankender Stimmen zu entgehen, aus lauter Angst, zur Zielscheibe für meines Vaters sich ständig wiederholende Erklärungen und die leidenschaftlichen Gefühlsausbrüche und verzweifelten Reuebekenntnisse meiner Mutter gemacht zu werden. Er hielt es für unter seiner Würde, sich ihr gegenüber zu verteidigen. Nie setzte er sich mit ihr auseinander. Er zuckte nur die Achseln, bestritt ihre Anschuldigungen und ignorierte ihren Zorn. Sein einziges Interesse bestand darin, skrupellos seine Gleichgültigkeit unter Beweis zu stellen und seine eigene innere Trostlosigkeit und Qual um jeden Preis zu verbergen. Das sah ich natürlich nur undeutlich, aber doch mit dem sicheren Instinkt eines Kindes, obgleich ich mir über die eigentliche Ursache meines eigenen Jammers nur selten recht klar war. Und in meiner selbstsüchtigen Art liebte ich sie beide genauso wie immer und nicht einen Deut weniger.

Am Valentinstag schließlich nahmen die Dinge eine schlimmere Wendung denn je. Es war immer die Gewohnheit meines Vaters gewesen, meiner Mutter eine Valentinsgabe an die Türklinke ihres kleinen Salons zu hängen – eine Perlenschnur, einen Fächer, einen Gedichtband –, was es gerade war. An diesem Morgen kam meine Mutter schon früh herunter, setzte sich auf ihren Platz am Fenster und blickte hinaus in den fallenden Schnee. Während des Frühstücks sagte sie nichts, aß nur scheinbar etwas und blickte in gewissen Abständen auf, um meinen Vater mit einer seltsamen Eindringlichkeit, fast haßerfüllt, anzusehen, und dabei klopfte sie mit der Fußspitze immer auf den Boden. Er nahm keine Notiz von ihr und saß schweigend und mißgestimmt, mit seinen eigenen Gedanken beschäftigt, da. Ich glaube nicht, daß er diesen Tag tatsächlich vergessen hatte; denn sehr viel später habe ich dann in seinem alten Schreibtisch ein Armband gefunden – ihr Name stand auf einem Stück Papier, innen im Etui –, das bereits eine Woche vorher gekauft worden war. Indessen schien das Fehlen gerade dieses kleinen Geschenks meine Mutter so rasend gemacht zu haben.

Gegen Abend – ich hatte genug vom Haus, genug vom Alleinsein – lief ich hinaus und spielte ein Weilchen gelangweilt im Schnee. Bei Einbruch der Nacht ging ich wieder ins Haus zurück und hörte im Dunkeln aufgebrachte Stimmen. Mein Vater kam aus dem Eßzimmer. Er stand im Düster der winterlichen Dämmerung und sah mich schweigend an. Meine Mutter folgte ihm. Ich sehe sie noch vor mir. Sie lehnte im Türrahmen, weiß vor Wut, und von dem ständigen Kummer hatte sie tiefe, dunkle Ringe um die Augen; ihre Hand zitterte.

›Es soll dich hassen lernen!‹ schrie sie mit tiefer, heiserer Stimme. ›Jede Sekunde werde ich es lehren, dich zu hassen und zu verachten, wie ich – – – Oh, wie ich dich hasse und verachte!‹

Mein Vater blickte sie ruhig und durchdringend an, ehe er sprach. Er nahm einen Stoffhut vom Haken und strich mit der Hand darüber hin. ›So sei es denn, du hast gewählt‹, sagte er schneidend kalt. ›Es hat immer bei dir gelegen. Du hast übertrieben, du hast getobt; und jetzt hast du etwas gesagt, was nie weder zurückgenommen noch vergessen werden kann. Da ist Nicholas. Aber bitte, glaube nicht etwa, daß ich mich verteidigen will. Ich brauche mich wegen nichts zu verteidigen. Ich denke an keinen Menschen, außer an mich selbst – an keinen. Bemühe dich, mich zu verstehen – an keinen einzigen Menschen. Vielleicht bist du in Wirklichkeit – nicht viel anders – – – Aber wieder nur Worte – immer dieselbe Leier!‹ Er machte eine merkwürdige Handbewegung. ›Mein Gott, das Leben ist… ach was! Ich bin fertig. So sei es denn.‹ Er stand bei der Tür und sah hinaus. ›Sieh mal, es schneit‹, sagte er wie zu sich selber.

Die ganze vorige Nacht hindurch und den ganzen Tag über hatte es ununterbrochen geschneit. Die Luft war scharf und kalt. Außerhalb der Veranda war in der Dämmerung nichts weiter zu sehen als eine trübe Dunstschicht, die jetzt durch das Schneegestöber noch dichter wurde. Mein Vater betrachtete mich, wie ich mir einrede, mit einem gewissen merkwürdigen Ernst. Aber dann ging er hinaus, und seine Schritte waren schon im nächsten Augenblick nicht mehr zu hören.

Meine Mutter sah mich entsetzlich bestürzt und mit vor Schreck und Reue weit aufgerissenen Augen entgeistert an. ›Was denn? Was denn?‹ sagte sie. Ich starrte sie verständnislos an. Luftig und leicht segelten drei Schneeflocken miteinander von draußen in die dämmrige Vorhalle hinein. Meine Mutter preßte die Hand auf ihren Mund. Ihre Finger schienen die übergroße Last ihrer vielen Ringe kaum tragen zu können, so durchsichtig waren sie.

›O Nicholas, Nicholas! Ich bitte dich, was habe ich gesagt? Was habe ich denn nur gesagt?‹ Sie stürzte auf die Tür zu. ›Arthur! – Arthur!‹ rief sie ihm von der Terrasse aus nach. ›Heute ist doch Valentinstag. Mehr habe ich ja nicht gemeint. Komm zurück! Komm doch zurück!‹ Aber vielleicht war mein Vater schon außer Hörweite; denn soviel ich mich erinnere, gab er keinerlei Antwort.

Meine Mutter kam ganz verstört wieder herein. Sie hielt sich mit einer Hand an der Wand fest und schleppte sich langsam und mühselig die Treppe hinauf. Während ich noch am Fuß der Treppe stehenblieb und durch die Vorhalle in den Abend hinausschaute, kam Martha mit ihrer brennenden Kerze eilig von unten aus der Küche herauf, machte die Haustür zu und zündete die Lampe in der Vorhalle an. Schon stieg auch der verführerische Duft des Festessens aus der Küche herauf und erfreute mein Gemüt. ›Kommt er wieder zurück?‹ fragte Martha und sah im Schein ihrer Kerze sehr besorgt aus. ›Es schneit derartig, daß der Schnee schon handbreit auf den Fensterbrettern liegt. Ach, Master Nicholas, wir Frauen haben's schwer auf dieser Welt.‹ Sie folgte meiner Mutter die Treppe hinauf und zündete überall in den dämmrigen oberen Räumen die Lampen an.

Ich setzte mich auf die Fensterbank im Eßzimmer und las, so gut es beim Kerzenlicht ging, in meinem Bilderbuch. Nach einer Weile kam Martha wieder zurück, um den Tisch zu decken.

Soweit ich mich damals zurückerinnern konnte, war es bei uns bisher am Valentinstag Sitte gewesen, den Geburtstag des Heiligen durch ein Fest zu feiern. Außerdem war es auch der Geburtstag der Mutter meines Vaters. Ich erinnere mich noch gut, wie sie mit ihrer Gesellschafterin, Miss Schreiner, zu uns auf Besuch kam, die sich in einem so komischen Englisch mit mir unterhielt. Am selben Geburtstag im vergangenen Jahr war es zwischen meinem Vater und meiner Mutter zu einer zärtlichen Versöhnung gekommen, nach einer ihrer Streitigkeiten, die aber damals noch nicht ernst zu nehmen waren. Und ich erinnere mich, daß ich an diesem Tage auch die ersten, noch fest geschlossenen Knospen an unserm Mandelbaum entdeckte. Dann stand in der Mitte des Tisches immer eine große, mit Marzipan und kandierten Früchten verzierte Torte, genau wie zu Weihnachten. Und als Mrs. Merry noch im Dorf lebte, kamen auch ihre kleinen blonden Töchter immer in einer großen Kutsche angefahren, um den Abend bei uns zu verbringen und das Sankt Valentinsfest mit mir zu feiern.

Aber das war jetzt alles anders geworden. Ich hatte zwar einen etwas schärferen Verstand bekommen, war aber dadurch nur noch entsprechend niedergeschlagener. Meine Hoffnungen und Träume waren ein wenig zusammengeschrumpft und verblaßt. Gelangweilt blätterte ich in meinem Bilderbuch. Ich merkte kaum, daß mir seine Farben weniger gefielen als früher; daß ich ihrer eigentlich ebenso überdrüssig war wie sie meiner. Doch da ich nichts Besseres zu tun hatte, mußte ich wohl oder übel dabei bleiben und blätterte mechanisch die bunten Seiten um.

Gegen sieben Uhr schickte meine Mutter nach mir. Ich fand sie in ihrem Schlafzimmer sitzend. Vor ihrem Spiegel brannten die Kerzen. Sie hatte bereits ihr schönes schwarzes Seidenkleid an und trug ihr Perlenkollier. Sie begann mir das Haar zu bürsten. Die längeren Enden drehte sie um ihre Finger, die sie in einer rosa Schale anfeuchtete, und wickelte sie zu Locken. Diese Schale gehörte zu den ersten Dingen, die meine Augen in dieser Welt erblickt hatten. Während sie die ganze Zeit mit mir sprach, als ob sie mir eine Geschichte erzählte, zog sie mir eine saubere Bluse und meine Schnallenschuhe an. Dann betrachtete sie sich lange und eingehend im Spiegel, wobei sie lächelnd den Kopf zurückwarf, wie es beim Sprechen ihre Gewohnheit war. Ich ging im Zimmer umher und spielte mit den kleinen Döschen und all dem Schnickschnack auf ihrem Frisiertisch. Durch einen unglücklichen Zufall stieß ich eins davon, ein Parfumfläschchen, um, welches Rosenwasser enthielt. Das Wasser rann aus und erfüllte die warme Luft mit Rosenduft. ›Du dummer, tolpatschiger Junge!‹ schalt meine Mutter und schlug mich auf die Hand. Ich begann zu weinen, aber mehr aus Kummer und vor Müdigkeit als vor Schmerz. Und dann legte sie mit unendlicher Zärtlichkeit ihren Kopf auf meine Schulter. ›Mutter ist jetzt nur ein bißchen durcheinander, weißt du‹, sagte sie und weinte so bitterlich in sich hinein, daß ich nur allzu bereit war, mich von ihr loszumachen und wegzulaufen, sobald sie ihre Umarmung etwas lockerte.

Langsam stieg ich die Treppe zu Marthas Schlafzimmer hinauf und schaute, auf einem Rohrstuhl kniend, zum Fenster hinaus. Es hatte aufgehört zu schneien, doch über die verschneite Heide stoben noch dünne Schneeschwaden. Am Himmel hatten sich die Wolken geteilt und segelten unter den Sternen dahin, die mit flackerndem Leuchten strahlend ihre Bahn zogen. Vereinzelt blitzte einer auf, der größer war und wilder strahlte als die übrigen. Wenn ich es auch nicht müde wurde, aus dem Fenster zu schauen, so taten mir doch langsam die Knie weh. Außerdem war das kleine Zimmer, so dicht unter dem Dach, sehr kalt und einsam. Und so lief ich hinunter ins Eßzimmer, wo alle sieben Leuchter angezündet waren und meinen noch auf die Dunkelheit eingestellten Augen wie ein strahlendes Lichtermeer erschienen. Meine Mutter kniete auf dem Teppich vor dem Kamin und starrte in die Flammen. Sie wirkte sehr klein, fast zwergenhaft, wie mir schien. Ein Schuh wölbte sich unter dem Saum ihres Kleides hervor, ihr Kinn ruhte in ihrer Hand.

Ich inspizierte den Tisch mit seinen Puddings und Süßigkeiten, seinen Gläsern und Früchten und bekam entsetzlichen Hunger, so würzig war der Duft der Pute, die in der Küche unten briet. Als es acht schlug, klopfte Martha an die Tür.

›Das Essen ist angerichtet, Madam.‹

Meine Mutter warf einen Blick auf die Uhr. ›Wartet noch ein Weilchen, nur noch ein ganz kleines Weilchen. Bestell Mrs. Ryder, dein Herr wird in einer Minute da sein.‹ Sie erhob sich und stellte den Rotwein in die Nähe des Kaminfeuers.

›Schmeckt er warm besser, Mutter?‹ fragte ich. Sie sah mich mit verwunderten Augen an und nickte. ›Hast du nichts gehört, Nicholas? Lauf doch mal zur Tür und horche. War das nicht das Geräusch von Schritten?‹

Ich öffnete die Haustür und schaute angestrengt in die Dunkelheit hinaus. Aber es schien, als höre die Welt hier auf, wo Wärme und Licht waren;

dahinter breiteten sich nur Winter und Schweigen aus, eine Sphäre, die mir jetzt so fürchterlich erschien wie ein ungeheures Meer, obgleich sie mir sonst so vertraut war.

›Es hat aufgehört zu schneien, Mutter‹, rief ich ihr zu, ›aber niemand ist zu sehen.‹

Langsam schlichen die Stunden, Viertelstunde um Viertelstunde, dahin. Die Pute sollte, wie ich zu meinem Kummer hörte, aus dem Ofen genommen und zum Abkühlen in die Speisekammer gestellt werden. Ich war aufgefordert worden, mir von dem zitternden Gelatinepudding und dem köstlichen rosa Mandelpudding zu nehmen, soviel ich Lust hätte. Die nächste Stunde, die es schlagen würde, war bereits Mitternacht. Mir war übel, aber Hunger hatte ich trotzdem. Außerdem war ich müde. Die Kerzen waren schon ganz heruntergebrannt. ›Laß mir dann ein wenig Licht hier und geh zu Bett‹, sagte meine Mutter schließlich zu Martha. ›Dein Herr hat vielleicht im Schnee den Heimweg verpaßt.‹ Aber Mrs. Ryder war Martha ins Zimmer gefolgt.

›Entschuldigen Sie bitte, daß ich mich einmische, Ma'am, aber das ist nicht recht; es ist wirklich nicht recht, daß Sie noch länger aufbleiben. Der Herr kommt vielleicht nicht vor morgen früh zurück. Und es hieße meine Pflicht versäumen, wenn ich nicht sagen würde, was ich denke. Noch dazu in Ihrem augenblicklichen Zustand.‹

›Vielen Dank, Mrs. Ryder‹, antwortete meine Mutter schlicht, ›aber ich möchte lieber noch nicht zu Bett gehen. In der Nacht ist es sehr einsam auf der Heide. – Aber ich brauche heute nichts mehr, danke.‹

›Wie Sie wünschen, Ma'am. Ich habe jedenfalls gesagt, was ich mußte, und mein Gewissen ist rein. Und ich habe Ihnen dieses Glas Glühwein hier mit raufgebracht, sonst fallen Sie mir vor Müdigkeit noch um oder sonst was.‹

Meine Mutter nahm das Glas Glühwein und nippte daran, während sie Mrs. Ryder über dessen Rand hinweg mit einem verlorenen Lächeln ansah. Nun zog sich Mrs. Ryder mit Martha zurück. Ich glaubte, sie hätten mich auf meinem Stuhl dicht beim Tisch im Schatten gar nicht bemerkt. Aber ich habe das dunkle Gefühl, diese beiden guten Seelen hatten beschlossen, diese ganze lange Nacht immer abwechselnd die Treppe hinunterzuschleichen und nach uns zu schauen. Und in den ersten Morgenstunden, als das Feuer heruntergebrannt war, müssen sie uns beide warm in Decken eingehüllt haben. Ich glaube, sie ließen mich damals da, damit meine Mutter Gesellschaft hätte. Tatsächlich erinnere ich mich auch, daß wir im Dunkeln miteinander sprachen, und daß sie meine Hand nahm.

Als sie gegangen waren, tranken meine Mutter und ich den dampfenden Wein miteinander aus; unsere Schatten zeichneten sich blaß und riesengroß an der Zimmerdecke ab. Wir sprachen kaum, aber ich blickte zärtlich in ihre kindlichen grauen Augen, und wir küßten uns, als wir so zusammen vor dem Kaminfeuer knieten. Und später strich ich leise um den Tisch herum und naschte von den verschiedenen scharfen und süßen Speisen, je nachdem, auf was ich gerade Lust hatte. Aber in der Stille des Hauses – einer Stille, die nur durch das Flackern der Flammen und das seltsame ferne Knacken des Frostes draußen durchbrochen wurde, überwältigte mich allmählich die Müdigkeit. Ich ließ mich vor dem Feuer nieder und legte meinen Kopf auf einen Sessel. In dieser Stellung verfolgte ich schläfrig den Feuerschein und die schwankenden Schatten und nickte ein. Und sehr bald tauchten auch Träume auf, die sich mit der Wirklichkeit mischten.

Es war noch sehr früh am Morgen, als ich betäubt und kalt und elend an meiner unbequemen Ruhestätte erwachte. Der eigenartige Geruch von Frost hing in der Luft. Die Asche des Feuers lag bleigrau im erkalteten Kamin. Ein leuchtend heller Lichtstrahl stahl sich durch einen Spalt im Fensterladen an der Wand entlang oben an die Deckenleiste. Ich war kaum fähig aufzustehen. Meine Mutter schlief noch; sie atmete schwer. Und als ich mich vorbeugte und sie neugierig betrachtete, konnte ich ihre wechselnden Träume fast über ihr Gesicht huschen sehen. Jetzt lächelte sie ein wenig, und jetzt zog sie die Augenbrauen hoch, als hätte sie gerade ein übermütiges, beglückendes Gespräch mit meinem Vater; dann wieder senkte sich eine völlig ausdruckslose Starre auf Braue, Lid und Lippe.

Plötzlich kam mir meine grenzenlose Verlassenheit in diesem großen Hause zum Bewußtsein, und ich zupfte sie am Ärmel. Ihr Gesicht umwölkte sich augenblicklich, sie seufzte tief. ›Was ist?‹ fragte sie. ›Nichts? Gar nichts?‹ Sie streckte ihre Hand nach mir aus, ihre Lider hoben sich von ihren noch schlafblinden Augen. Aber nach und nach drang die Zeit wieder in ihr Bewußtsein. Sie feuchtete ihre Lippen mit der Zunge an und wandte sich mir zu, als plötzlich die Erinnerung an die vergangene Nacht mit einem Strom von Qual über sie hereinbrach. Sie barg ihr Gesicht in den Händen und wiegte den Oberkörper leicht vorwärts und rückwärts, stand dann auf und strich sich vor dem Spiegel das Haar glatt. Ich war überrascht, keine Spur von Tränen auf ihren Wangen zu sehen. Ihre Lippen bewegten sich, als spräche ein vor Kummer erschöpftes Herz unbewußt zu jenem blassen Abbild ihrer Trauer im Spiegel. Ich ergriff die Hand, die leblos an ihrem Seidenrock herunterhing, streichelte sie und küßte feierlich jeden einzelnen ihrer lose sitzenden Ringe.

Aber ich glaube nicht, daß sie meine Küsse wahrnahm. Deshalb kehrte ich zum Tisch zurück, der für unsere Valentinsfeier immer noch festlich geschmückt dastand und im frostigen Dämmer des anbrechenden Tages seltsam gespenstisch wie ein Hohn wirkte. Ich steckte eine Handvoll Löffelbiskuits und ein angebrochenes Stück Kuchen in die Tasche, denn ich war fest entschlossen, auf die Heide hinauszugehen. Mein Herz schlug heftig und schnell bei der Vorstellung der verschneiten Einöde und wie ich mutterseelenallein über die unberührte Schneedecke dahinwanderte. Im stillen verdichtete sich auch der Plan in mir, zu den Weißdornhecken hinüberzulaufen, denn irgendwie wußte ich, daß meine Mutter mich an diesem Tage weder schelten noch strafen werde. Vielleicht dachte ich auch, mein Vater wäre dort. Und außerdem wollte ich Miss Grey auch gleich von meinem Abenteuer erzählen, daß ich die ganze Nacht im Eßzimmer verbracht hätte. Ich bewegte mich sehr unauffällig und verriet keine Eile, um zu verhindern, daß man mir verbot, wegzugehen, bis ich mich schließlich unbemerkt aus dem Hause stahl. Die große Haustür ließ ich einen Spalt offen und rannte fröhlich in den Wintermorgen hinaus.

Schon stand die Morgendämmerung hell am hohen Himmel, schon strichen die ersten Morgenwinde durch den Nebel und bliesen eine Kälte über meine Wangen, als sei es die widerwillig weichende Dämmerung selber. Trotz der Kälte lag eine frische, feine Süße in der Luft. Kristallen breitete sich die makellose Schneedecke aus, lag in sanften

Wölbungen über den Stechginsterbüschen, aus deren Schneekappen jedoch hier und da ein vertrockneter Blütenzweig hervorschaute. Flockige Eispartikelchen segelten unsichtbar durch die Luft. Ich jauchzte vor Freude beim Anblick der kleinen Tümpel, von deren dunklem Eis der Wind den Schnee weggeblasen hatte. An den Büschen sah ich von Rauhreif blitzende Spinnweben, die sich wie Kristallgirlanden von Dorn zu Dorn schwangen. Ich drehte mich um und zählte, soweit ich sie sehen konnte, meine Fußstapfen, die zum Haus zurückführten, das in düsteres Grau gehüllt, verschwommen und fremd im verdämmernden Westen lag.

Der abnehmende Mond, der erst spät in der Nacht aufgegangen war, stand noch am Himmel. Er schien ganz nah über der Erde zu stehen. Aber unaufhaltsam flutete mit jeder Sekunde mehr Licht heran, das seine Klarheit wie einen Strom ausgoß, und mißmutig zog die Dunkelheit sich in den Norden zurück. Und als endlich die Sonne, auf dem rosigen Schnee entlang glitzernd, aufging, wandte ich mich völlig hingerissen zu ihr um und zeigte mit dem Finger auf sie, als vermöchte das Haus, das ich hinter mir gelassen hatte, sie mit demselben Entzücken wahrzunehmen wie ich. Tatsächlich kamen mir seine Fenster ganz verwandelt vor, und ich hörte in der Ferne in den kahlen Zweigen eines Birnbaums eine Drossel schlagen, und ein Rotkehlchen erschreckte mich, so unerwartet schrill und süß schmetterte es plötzlich sein Lied von der Schneehaube eines Stechginsterbusches.

Mittlerweile war ich am Fuße einer sanftansteigenden Anhöhe angekommen, von deren Gipfel aus ich in der Ferne sofort die Lindenallee erblicken mußte, die vom Rande der Heide zum Dorf hinführte. Während ich weiterging, meine Biskuits vertilgte und fröhlich um mich blickte, malte ich mir das herrliche Frühstück aus, zu dem Miss Grey mich zweifellos einladen würde. Darüber vergaß ich beinahe den Anlaß meiner Exkursion und das kummervolle Haus, das ich zurückgelassen hatte. Allmählich kam ich oben auf dem sanften Hügelrücken an und sah hinunter. Nicht weit von mir entfernt wuchs ein Rotdornbaum, unter dessen grünem Zelt ich in den vergangenen Jahren im April oft Schutz vor den Regenschauern gesucht hatte. Jetzt aber war er dick verschneit und warf seinen blassen Schatten auf die große, sonst schattenlose weiße Fläche. Nicht weit von diesem Baum bemerkte ich eine auf dem Schnee ausgestreckte Gestalt und wußte instinktiv, daß es mein Vater war, der dort lag.

Der Anblick hat mich damals weder überrascht noch erschreckt. Es schien nur das unausbleibliche Fazit dieser langen schweren Nachtwache und aller Unstimmigkeiten und Verwirrungen der Vergangenheit zu sein. Ich empfand auch keine Trauer, sondern stand neben dem Körper und betrachtete ihn nur mit tiefer Verwunderung und einer Art ernsthafter Neugier; doch vielleicht auch mit einem geheimen Mitleid, daß er mich an diesem schönen Morgen nicht sehen konnte. Seine graue Hand lag gekrümmt im Schnee, sein ausgelöschtes Gesicht, auf dem ich einen angetrockneten Blutfleck bemerkte, war ein wenig zur Seite gedreht, als wollte es den schräg hereinfallenden Sonnenstrahlen entgehen. Ich hatte begriffen, daß er tot war, und begann sofort zu erwägen, welche Veränderungen sich daraus ergeben könnten, was ich mit meiner Zeit anfangen sollte, und was jetzt im Hause passieren würde, nachdem er, sein Einfluß, seine Autorität und sein Widerspruch dahingeschwunden waren. Ich vergegenwärtigte mir auch, daß ich allein hier war, was mich zum Herrn dieses ungeheuren Geheimnisses machte; und daß ich, wie an einem Sonntag, gesittet nach Hause gehen und es meiner Mutter mit gedämpfter Stimme erzählen mußte, ohne mir jedoch etwas von dem Hochgefühl anmerken zu lassen, daß mich wahrscheinlich bei der Erfüllung dieser Mission erfüllte. Ich malte mir aus, welche Fragen man mir stellen könnte, und überlegte mir die entsprechenden Antworten darauf, als meine morbiden Überlegungen plötzlich von Martha Rodd unterbrochen wurden. Sie stand in meinen Fußstapfen und sah vom Gipfel, von dem ich gerade diesen Augenblick heruntergekommen war, zu mir hinab. Etwas vorgeneigt, als trüge sie eine schwere Last, rannte sie auf mich zu, den Mund halb offen und mit gerunzelten Brauen unter dem wehenden hellbraunen Haar.

›Schau, Martha, schau her!‹ rief ich ihr zu, ›ich hab ihn hier im Schnee gefunden. Er ist tot!‹ Und plötzlich schien sich in meinem Herzen ein Krampf zu lösen. Die Schönheit und Einsamkeit des Morgens, das makellose Weiß des Schnees – alles kam mir vor wie eine grobe Farce, eine raffinierte, versteckte Perfidie gegen mich. Tränen stürzten mir in die Augen, und in meiner Angst und Verzweiflung klammerte ich mich, bitterlich schluchzend, meinem Kummer hingegeben, an das arme Mädchen an und verhüllte meinen Blick vor Entsetzen über diese leblose, unheimliche Gestalt. Mit starrem Blick strich sie mir immer wieder sanft mit der Hand über das Haar, bis sie sich schließlich vorsichtig näher heranwagte und sich über meinen Vater beugte. ›Oh, Master Nicholas‹, klagte sie, ›sein armes schwarzes Haar! Was werden wir jetzt ohne ihn anfangen? Was wird Ihre arme Mamma jetzt machen, wo er weg ist?‹ Sie schlug die Hände vors Gesicht, und unsere Tränen strömten von neuem.

Doch mein Kummer war schnell vergessen. Die Neuheit, völlig in Ruhe gelassen zu werden, mein eigener Herr zu sein, hingehen zu können, wohin ich wollte, tun und lassen zu können, was mir paßte, die Erfahrung, bedauert zu werden, wenn ich es am wenigsten nötig hatte, um dann, wenn Elend und Verlassenheit sich wie eine Wolke über mich breiteten, völlig ignoriert zu werden, lenkten meine Gedanken nach und nach davon ab. Die Leiche meines Vaters wurde nach Hause gebracht und im kleinen Salon meiner Mutter, der auf den verschneiten Garten und Obstgarten hinausging, aufgebahrt, und das Haus verdunkelt. Es machte mir ein geheimes Vergnügen, verstohlen in die sonnenlosen Räume zu spähen und heimlich von Tür zu Tür durch Gänge zu schleichen, in die kein Lichtstrahl fiel. Meine Mutter war krank. Aus einem unerfindlichen Grund brachte ich ihre Krankheit mit der Gruppe schwarzgekleideter Herren in Verbindung, die eines Morgens erschienen waren und gemeinsam auf die Heide hinausgingen. An einem Nachmittag kam dann schließlich auch noch Mrs. Marshall aus Islington angefahren, und nach ihren Bündeln und der Holzkiste mit den Eisengriffen zu urteilen, die sie mitgebracht hatte, wußte ich, auf Grund einer früheren Erfahrung, daß sie längere Zeit zu bleiben gedachte.

Am nächsten Tag spielte ich unten in der Halle mit meinen Bleisoldaten, als die Stimmen von Mrs. Ryder und Mrs. Marshall, die auf ihrem beschwerlichen Weg von der Küche die Treppe hinauf miteinander schwatzten, gedämpft zu mir drangen.

›Nein, Mrs. Marshall, nichts‹, hörte ich Mrs. Ryder sagen, ›kein Wort, nicht ein Wort. Und da ist nun die arme Dame ganz allein zurückgeblieben... und der arme vaterlose Kleine... nur der Doktor kann ihm diese vielen Fremden mit ihren unsinnigen Fragen vom Leibe halten. Es kommt weder mir noch Ihnen zu, einfach auszusprechen, was uns gerade in diesem Augenblick so in den Sinn kommt. Die Wege des Allmächtigen sind unerforschlich – aber *Herzensgüte* hatte er jedenfalls wie sonst niemand auf der Welt.‹

›Was Sie nicht sagen‹, entgegnete Mrs. Marshall.

›Zu meinem Kummer muß ich sagen, daß es Auseinandersetzungen im Haus gegeben hat‹, fuhr sie fort, ›aber was wollen Sie, das kommt doch schließlich überall mal vor. Menschen sind nun mal keine Engel, ob verheiratet oder ledig, und in jedem...‹

›War da nicht die Rede von einer gewissen...?‹ deutete Mrs. Marshall diskret an.

›Gerede! Mrs. Marshall‹, antwortete Mrs. Ryder und blieb stehen, ›ein Wort, das ich verabscheue! Ein Körnchen Wahrheit in einem Meer von Lügen. Ich gehe gar nicht darauf ein. Dagegen verschließe ich meine Ohren, jawohl – wie der Tote.‹ Mrs. Marshall hatte gerade den Mund aufgemacht, um etwas darauf zu erwidern, als ich entdeckt wurde, obwohl ich mich so klein wie nur möglich am Fuß der Treppe zusammengekauert hatte.

›Achtung, Mrs. Ryder, wir haben Zuhörer!‹ sagte Mrs. Marshall freundlich. ›Das hier ist doch wahrscheinlich das arme vaterlose Männlein, nicht wahr? Schlimme Sache für so ein unschuldiges Kind. Und wie stark er geworden ist. Aber das habe ich schon bei seiner Geburt prophezeit. Na, wie ist es, kleiner Mann, erinnerst du dich noch an mich? Erinnerst du dich denn nicht mehr an Mrs. Marshall? Also nein, eigentlich *müßte* er sich doch an mich erinnern!‹

›Er ist im allgemeinen ein guter Junge‹, sagte Mrs. Ryder, ›und ich hoffe und bete nur, daß er heranwachsen und seiner Mutter ein Trost sein wird, wenn auch nur...‹ Sie sahen sich vielsagend an, und Mrs. Marshall bückte sich mit einem Seufzer der Anstrengung, zog ein großes Lederportemonnaie aus einer großen losen Tasche unter ihrem Rock hervor und suchte ein blankes Halfpennystück aus den Silber- und Kupfermünzen heraus.

›Daran zweifle ich nicht einen Augenblick. Armes Kerlchen‹, sagte sie gütig. Schweigend nahm ich das Halfpennystück in Empfang, und die beiden Frauen gingen langsam an mir vorbei die Treppe hinauf.

Um außer Marthas Rufweite zu sein, ging ich am Nachmittag mit einer Schaufel auf die Heide hinaus, in der Absicht, im Schnee ein großes Grabmal aufzurichten. Doch während der Nacht war noch mehr Schnee gefallen, und er lag jetzt so hoch, daß er mir über die Schuhe hinauf bis zu den Socken ging. Ich arbeitete sehr angestrengt, schaufelte, glättete, formte und stampfte und war so vertieft, daß ich Miss Grey erst bemerkte, als sie dicht neben mir stand. Ich blickte vom Schnee auf und war überrascht zu sehen, daß die Sonne bereits untergegangen war und die tiefen Abendnebel herannahten. Miss Grey war verschleiert und bis zum Hals hinauf in Pelze gehüllt. Sie zog ihre bloße Hand aus dem Muff hervor.

›Nicholas‹, sagte sie mit leiser Stimme.

Aus irgendeinem Grund stand ich verwirrt und beschämt da, ohne zu antworten. Sie setzte sich auf meinen formlosen Schneehügel und nahm mich bei der Hand. Dann schob sie den Schleier hinauf, und ich sah, daß ihr Gesicht bleich und traurig aussah und ihre klaren, dunklen Augen mit tiefem Ernst meinen Blick suchten.

›Mein armer, armer Nicholas‹, sagte sie, ohne den Blick von mir zu lassen, während ihre warme Hand die meine umschlossen hielt. ›Was soll ich sagen? Was kann ich tun? Ist es nicht sehr, sehr einsam hier draußen im Schnee?‹

›Ich habe es gar nicht so einsam gefunden‹, antwortete ich. ›Ich habe nämlich – ich habe gespielt. Ich baue da was.‹

›Dann sitze ich also auf deinem schönen Schneehaus, was?‹ sagte sie und lächelte traurig, während ihre Hand zitternd auf meiner lag.

›Es ist kein Haus‹, antwortete ich und wandte mich ab.

Sie drückte meine Hand gegen den Pelz an ihrer Kehle.

›Arme kleine blaue Hände‹, sagte sie. ›Spielst du gerne allein?‹

›Ich bin froh, daß Sie hier sind‹, gestand ich. ›Ich wünschte, Sie würden immer kommen, oder wenigstens manchmal.‹

Sie zog mich lächelnd zu sich heran, beugte sich zu mir herunter und küßte mich aufs Haar.

›Na also, jetzt bin ich ja da‹, sagte sie.

›Mutter ist krank‹, berichtete ich.

Sie trat zurück und blickte über die Heide zum Haus hinüber.

›Sie haben meinen Vater in den kleinen Salon gebracht – in seinem Sarg natürlich. Er ist nämlich tot, wissen Sie, und Mrs. Marshall ist gekommen. Heute morgen hat sie mir einen Halfpenny geschenkt. Aber Dr. Graham hat mir eine ganze Krone gegeben.‹ Ich zog sie aus meiner Hosentasche und zeigte sie ihr.

›Das finde ich aber reizend von ihm‹, sagte sie. ›Denk mal, was du dir dafür alles kaufen kannst! Aber paß mal auf: ich möchte dir auch ein kleines Andenken geben; aber eins, das nur uns beide angeht.‹

Sie zog eine kleine Silberdose aus ihrem Muff hervor, auf deren Deckel ein Kruzifix eingraviert war. ›Weißt du, ich habe mir gedacht, daß ich dich heut' vielleicht sehen würde‹, fuhr sie leise fort. Und

während sie mir das Döschen in die Hand drückte, sagte sie: ›Und jetzt frag' ich dich: Wer hat dir das Döschen geschenkt?‹

›Sie‹, antwortete ich leise.

›Und wer bin ich?‹

›Miss Grey‹, sagte ich.

›Deine Freundin, Jane Grey‹, wiederholte sie, als fasziniere sie der Klang ihres eigenen Namens. ›Sprich mir jetzt nach: Jane Grey, meine Freundin für immer.‹

Ich sprach es ihr nach.

›Und jetzt‹, fuhr sie fort, ›mußt du mir sagen: welches Zimmer ist der kleine Salon? Ist es das schmale Fenster da an der Ecke unter dem Efeu?‹

Ich schüttelte den Kopf.

›Welches denn?‹ fragte sie flüsternd.

Ich drehte meine Schaufel im Schnee. ›Möchten Sie meinen Vater gern sehen?‹ fragte ich sie. ›Martha hätte bestimmt nichts dagegen, das weiß ich, und Mama ist im Bett.‹ Sie zuckte zusammen, und ihre dunklen Augen ruhten nachdenklich auf mir. ›Aber Nicholas, du Unschuldslämmchen, wo ist es denn?‹ sagte sie, ohne sich zu rühren.

›Es liegt auf der Rückseite und hat ein kleines Fenster, das nach außen aufgeht – wenn ich wüßte, daß Sie kommen, würde ich in der Halle spielen. Gegen Abend, nach dem Tee, spiele ich meistens in der Halle, wenn ich kann, und von jetzt an immer. Kein Mensch würde Sie sehen, wissen Sie?‹

Sie seufzte. ›Ach, was redest du da nur!‹ sagte sie, stand auf und zog den Schleier wieder herunter.
›Aber Sie würden doch gerne kommen?‹ wiederholte ich. Sie beugte sich plötzlich herunter und preßte ihr verschleiertes Gesicht gegen meins. ›Ich komme, ich komme‹, sagte sie, und so dicht vor meinen Augen sah ihr Gesicht völlig verändert aus. ›Wir beide können ihm trotzdem ... wir können ihm trotzdem immer treu bleiben, nicht wahr, Nicholas?‹

Sie entfernte sich auf den Mühlteich und das dunkle Wäldchen zu. Ich blickte ihr nach und wußte, daß sie bis zum Abend ganz allein dort warten würde. Mit großem Stolz betrachtete ich mein Silberdöschen; und nachdem ich es mir auch von innen angeschaut hatte, steckte ich es zu meiner Krone und meinem Halfpenny in die Tasche und setzte mein Bauen noch ein Weilchen fort.

Aber die Begeisterung dafür war weg. Ich fing plötzlich an zu frieren, denn mit der wachsenden Dunkelheit brach auch der Frost herein. Deshalb ging ich nach Hause.

Mein Schweigen und meine verdächtige Zurückhaltung, Neugierde zu zeigen und Fragen zu stellen, fiel niemandem auf. Ja, ich saß sogar ganz allein bei meinem Tee. Nur ab und zu kam eine der Frauen geschäftig hereingelaufen, um schnell etwas zu holen. Eine sonderbare, unterdrückte Spannung herrschte im Hause. Ich fragte mich, was wohl die

Ursache dafür sein könnte. Und auf einmal bekam ich es mit der Angst zu tun, daß mein Vorhaben am Ende doch entdeckt werden könnte.

Nichtsdestoweniger spielte ich am Abend in der Nähe der Haustür, wie ich es versprochen hatte, und horchte angestrengt auch auf das leiseste Geräusch, um ja das Nahen meiner Besucherin nicht zu überhören.

›Lauf runter in die Küche, Liebling‹, sagte Martha. Ihre Wangen waren gerötet. Sie trug eine große Kanne heißes Wasser. ›Heute abend mußt du dich *sehr*, sehr still verhalten und zu Bett gehen wie ein großer Junge; dann erzähl' ich dir vielleicht morgen ein ganz großes Geheimnis.‹ Sie küßte mich mit hastiger Zärtlichkeit. Gerade in diesem Augenblick war ich nicht besonders neugierig auf ihr Geheimnis und versprach bereitwillig, ganz, ganz still zu sein, wenn ich nur weiter dort spielen könnte, wo ich war.

›Na gut, aber nur *ganz*, ganz leise. Und du darfst Mrs. Marshall nichts...‹, begann sie, lief aber dann eilig davon, die Treppe hinauf, einem gebieterischen Ruf von oben folgend.

Kaum war sie gegangen, da hörte ich auch schon ein leises Klopfen an der Tür. Es war, als hätte Jane Grey die Kälte und Frische der Wälder mit hereingebracht. Ich führte sie auf Zehenspitzen den engen Korridor entlang in den kleinen Salon. Die Kerzen brannten klar und ruhig mit hellem Schein. Die

Luft war still und schwer vom Duft der Blumen. Im Stockwerk über uns hörte man leichte, eilige Schritte, aber es war kein störendes Geräusch, es lag nur außerhalb der Grenzen des Schweigens.

›Es tut mir so leid‹, sagte ich, ›aber sie haben ihn zugenagelt. Die Männer waren schon am Nachmittag hier, hat Martha gesagt.‹

Miss Grey nahm ein Sträußchen Schneeglöckchen von ihrem Busen und versteckte es zwischen den vielen Blumenkränzen. Dann kniete sie mit einem silbernen Kruzifix nieder, das sie ab und zu fest an ihre Lippen gepreßt hielt. Es war unangenehm, sie beten zu sehen, und ich wäre am liebsten zu meinen Bleisoldaten zurückgelaufen. Aber während ich sie beobachtete und alles in dem kleinen Raum in wunderbarem Glanze sah und im stillen an den Schnee dachte, der draußen unter den Sternen in der Dunkelheit im Garten lag, lauschte ich gleichzeitig auf die leisen Schritte, die oben im Zimmer hin und her gingen. Plötzlich brach ein schwaches, anhaltendes, ärgerliches Schreien durch die Stille.

Miss Grey schaute auf. Ihre Augen leuchteten im Kerzenlicht und sahen wunderbar aus.

›Was war denn das?‹ sagte sie kaum hörbar und lauschte.

Ich sah sie ganz entgeistert an. Das Schreien schwoll wieder an, kläglich, wie in verhaltenem und hilflosem Zorn.

›Aber das hört sich ja beinah an wie ein – wie ein kleines Baby‹, sagte ich.

Sie bekreuzigte sich eilig und stand auf. ›Nicholas!‹ sagte sie leise mit fremder, erregter Stimme – doch ihr Gesicht leuchtete ganz eigenartig. Dabei sah sie mich sehr liebevoll und doch so seltsam an, daß ich wünschte, ich hätte sie nicht hereingelassen.

Sie verschwand, wie sie gekommen war. Ich schaute ihr in der Dunkelheit nicht einmal nach, sondern kehrte, mit Hunderten von Ideen beschäftigt, zu meinem Spiel zurück.

Lange nach meiner gewohnten Schlafenszeit, als ich noch vor den glühenden Kohlen des Küchenfeuers saß und ein Töpfchen heiße Milch trank, erzählte mir Martha ihr Geheimnis...

»Und mein unmöglicher Begleiter gestern auf der High Street, Richard, war kein anderer als der innig geliebte und einzige Bruder deines verrückten alten Freundes«, sagte der Graf. »Sein einziger Bruder«, setzte er sinnend hinzu.

Miss Duveen

Im Hause meiner Großmutter, am Ufer des Wandle, hatte ich selten Kinder zum Spielen. Das Haus war alt und häßlich. Aber der kleine Fluß war bezaubernd und jugendfrisch, obwohl er, so schien es, schon seit undenklichen Zeiten zwischen seinen grünen, von Weiden und Erlen gesäumten Ufern dahinfloß. Darum war es vielleicht auch gar nicht zu meinem Nachteil, daß ich den Erzählungen seiner Wasser mehr lauschte, als denen irgendeiner menschlichen Stimme. Denn meine Großmutter fand kein großes Gefallen an meiner Gesellschaft. Wie sollte sie auch? Mein Vater und meine Mutter hatten ohne ihre Einwilligung geheiratet (und waren ebenso gestorben), und ich besaß keine jener rührenden Eigenschaften, die, wie es in den meisten Erzählungen immer heißt, ein versteinertes altes Herz im Nu erweichen.

Auch ich sehnte mich nicht sonderlich nach ihrer Gesellschaft. Ich ging ihr aus dem Wege, wo ich nur konnte.

Nun hatte sie zum Glück die Gewohnheit, immer mit dem Rücken zum Fenster des Zimmers zu sitzen, in dem sie sich im allgemeinen aufhielt, ihr altes, graues, gleichgültiges Gesicht dem Innern zugewandt. Wann immer ich etwas Besonderes vorhatte, schlich ich mich unter das Fenster; und wenn ich ihre große, verblaßte lila Samthaube dort sah, wußte ich, daß ich keine Störungen zu befürchten hatte. Dann nahm ich mir manchmal ein oder zwei

Scheiben Rosinenbrot oder (wenn es mir gelang) ein Marmeladentörtchen oder einen Käsekuchen und verzehrte sie unter einem alten, knorrigen Pflaumenbaum oder beim fließenden Wasser. Und wenn ich mich mit jemandem unterhielt, war es entweder nur mit mir selber, oder mit meinen kleinen Opfern, die ich erbeutet hatte.

Nicht, daß ich ein besonders grausamer Junge war; aber wenn ich viele Jahre in dieser primitiven und isolierten Art weitergelebt hätte, wäre ich bestimmt ein Idiot geworden. Tatsächlich war es mir nicht einmal bewußt, daß ich lächerlich altmodisch war – im Benehmen, in der Kleidung, in meinen Vorstellungen, in allem. Meine Großmutter nahm sich nie die Mühe, mich darauf aufmerksam zu machen; es war ihr auch ganz gleichgültig. Und das Hauspersonal war eine Rasse für sich. Also war ich ziemlich viel mir selbst überlassen. War es daher ein Wunder, wenn ich mit einer wahren Gier sofort den Verkehr mit unserer eigentümlichen Nachbarin, Miss Duveen, aufnahm?

Es war wirklich ein ziemliches Ereignis in unserer so ereignisarmen Eintönigkeit, als dieser irgendwie fragwürdige Haushalt in Willowlea, eine braune Backsteinvilla, einzog, die lange leergestanden hatte und noch häßlicher war als unsere eigene. Ihr abfallender Garten, auf der anderen Seite des Wandle, lag unserm genau gegenüber. Meine Großmutter hatte sofort herausgefunden, daß jede Art von Intimität mit seinen Bewohnern nicht sehr wünschenswert sei, während ich meinerseits dadurch gezwungen war, mich mit dem Verlust des Willowleagartens als einer Art Niemandsland und Kinderparadies abzufinden.

Ich kannte Miss Duveen schon lange vom Sehen her, ehe wir wirkliche Freunde wurden. Ich pflegte sie oft zu beobachten, wenn sie in ihrem langgestreckten Garten umherging. Und schon damals fiel mir ihre seltsame Methode von Gartenarbeit auf. Sie grub zum Beispiel eine Wurzel aus, oder sie nahm einen Blumentopf mit einer Pflanze und trug ihn mit einem fast tierischen Ernst von einem überwucherten Beet zu einem andern; und ein paar Minuten später sah ich dann, wie sie den Topf wieder an die Stelle zurücktrug, wo er vorher gestanden hatte. Von Zeit zu Zeit blieb sie stocksteif stehen wie eine Vogelscheuche, als sei ihr vollkommen entfallen, was sie hatte tun wollen.

Auch Miss Coppin zeigte sich manchmal. Aber ich sah immer schnell wieder weg, aus Angst, daß ich selbst auf eine solche Entfernung hin durch mein allzu intensives Starren ihren Blick auf mich lenken könnte. Sie war eine eher kleine Person, mit der Anlage, dick zu werden, und einem merkwürdig watschelnden Gang. Wann immer ich sie zu Gesicht bekam, schien sie sich über Miss Duveen zu ärgern. Sie redete mit ihr, als hätte sie ein Stück Holz vor sich. Ich hatte tatsächlich keine Ahnung gehabt, daß ich von Willowlea her überhaupt bemerkt worden war, bis Miss Duveen mir eines Tages mit einem Taschentuch zuwinkte. Ein paarmal danach war mir so, als riefe sie mich; jedenfalls bewegten sich ihre Lippen. Aber was sie sagte, konnte ich nicht verstehen. Und ich war natürlich auch ein bißchen ungeübt, neue Freundschaften zu schließen. Doch langsam gewöhnte ich mich daran, nach ihr Ausschau zu halten, und ich erinnere mich noch ganz genau an unsere erste Begegnung.

Es regnete. Die Tropfen fielen leise in das stille Wasser und machten große Kreise. Sie tropften auf die reglosen Blätter am Ufer, unter denen ich in Deckung saß. Aber hinter einem dünnen Wolkenstreifen schien die Sonne weißlich hervor, als Miss Duveen plötzlich durch das Grün auf mich herunterspähte. Auf ihrem Gesicht lag derselbe silbrige Schein. Sie beobachtete mich in meinem Versteck, als wäre sie eine Amsel und ich eine Schnecke. Hastig kroch ich hervor, in der Absicht, mich in meine eigene Domäne zurückzubegeben; aber die komische Grimasse, die sie mir schnitt, hielt mich fest, wo ich war.

»Hah«, sagte sie mit einem etwas männlichen Lachen, »das ist also der junge Herr, der kühne, tapfere junge Ritter. Wie könnte wohl sein Name sein?«

Ich erwiderte sehr zurückhaltend, daß mein Name Arthur sei.

»Arthur – wie könnte es auch anders sein!« wiederholte sie mit unbeschreiblicher Heiterkeit; und noch einmal: »Arthur«, als handle es sich um etwas streng Vertrauliches.

»Ich kenne dich, Arthur – sehr genau sogar. Ich habe geschaut, und ich habe dich beobachtet. Und nun, so Gott will, brauchen wir uns niemals mehr fremd zu sein.« Sie berührte meine Braue und Brust mit ihrem dünnen, bläulichen Zeigefinger und machte das Zeichen des Kreuzes.

»Was bedeutet schon ein kleiner murmelnder Bach für Freunde wie dich und mich«, fuhr sie fort. Dabei zog sie ihr winziges Gesicht wieder zu einer unglaublichen Grimasse von Freundlichkeit zusammen, und als Antwort darauf lächelte ich so liebenswürdig, wie ich nur konnte. Jetzt trat eine Pause in dieser einseitigen Unterhaltung ein. Sie schien zu horchen, und ihre Lippen bewegten sich, wenngleich ich keinen Laut vernahm. In meiner Verlegenheit war ich gerade im Begriff, mich heimlich davonzuschleichen, als sie nochmals vorwärtsschoß.

»Ja, ja, Arthur, ich kenne dich schon sehr lange. Wir haben uns nämlich schon *hier* kennengelernt.« Sie tippte mit dem Zeigefinger auf ihre gewölbte Stirn. »Vielleicht wirst du auch *das* nicht für möglich halten: aber ich habe Augen wie ein Luchs. Das ist keine Übertreibung, das versichere ich dir – ich versichere es jedem. Und was für Freunde werden wir von nun an sein! Manchmal«, sie trat aus ihrem Versteck hervor und stand mit einer seltsamen Würde am Rande des Wassers, ihre Hände hingen gefaltet vor ihrer plissierten schwarzen Seidenschürze, »manchmal, liebes Kind, sehne ich mich nach Gesellschaft – nach irdischer Gesellschaft.« Sie blickte verstohlen umher. »Aber ich darf meinem Verlangen nicht nachgeben; was natürlich nicht heißen soll, daß ich mich beklagt habe, das weißt du genau. *Er* weiß am besten, was gut für mich ist. Und meine liebe Kusine, Miss Coppin, weiß es auch am besten. Sie meint, es täte mir nicht gut, zuviel Gesellschaft zu haben.« Mit einer gewissen Verlegenheit schaute sie in das sanft kreisende Wasser.

»Ich, mußt du wissen, bin nämlich Miss Duveen«, sagte sie plötzlich und richtete ihre kleinen stechenden Augen auf mich, »die hier oben nicht ganz richtig ist, wie sie behaupten.« Wieder tippte sie sich auf die niedrige Stirn hinter den glatten Bögen ihrer gescheitelten graumelierten Haare und machte mir dazu einen breiten, verkniffenen Mund. »Aber *ihr* sagen wir das natürlich nicht. Nein, woher denn!«

Ich war so fasziniert, daß ich ihr unwillkürlich alles nachmachte und auch den Kopf schüttelte. Miss Duveen lachte fröhlich. »Er versteht – er versteht mich!« rief sie, als hätte sie eine Menge Zuhörer. »Oh, Arthur, was für eine Freude es auf der Welt ist, verstanden zu werden! Nun erzähle mir mal«, fuhr sie mit unbeschreiblicher Herzlichkeit fort, »erzähl mir doch mal, wie es deiner lieben Mamma geht?«

Ich schüttelte den Kopf.

»Ach, ich sehe, ich sehe«, jammerte sie. »Arthur hat keine Mamma mehr. Wir werden nicht mehr darüber sprechen. Auch keinen Vater mehr?«

Ich schüttelte wieder den Kopf, stand wie angewurzelt da und starrte meine neue Bekanntschaft mit verzehrender Neugier an. Sie betrachtete mich mit der gleichen Intensität, als sei sie bestrebt, sich das reine Phänomen meiner Existenz fest einzuprägen.

»Es ist traurig, keinen Vater zu haben«, fuhr sie schnell mit halbgeschlossenen Augen fort, »kein Oberhaupt, keinen Erzieher, keinen Rückhalt, keine Stütze. Aber wir haben – o ja, wir haben einen anderen Vater, liebes Kind, hab ich nicht recht, wie?... Und wo?... Wo?« Sehr behutsam hob sie ihren Finger. »Hoch da droben«, flüsterte sie mit unbeschreiblicher Innigkeit.

»Aber von ihm wollen wir jetzt nicht sprechen«, fügte sie heiter hinzu und drückte ihre Hände fest ineinander. »Jetzt sprechen wir nur von uns beiden, von dir und von mir – *ganz* gemütlich, *ohne Zeugen!* Sie ist also deine Großmutter? Das hab ich mir gedacht – eine Großmutter! O ja, ich kann zwischen den Vorhängen durchschauen, auch wenn sie die Tür abschließen. Eine Großmutter – das hab' ich mir doch gedacht. So eine komische alte Dame! *So* feine Kleider! So ein Auftreten, alle Achtung! Eine Großmutter.« Sie warf den Kopf zurück und lachte verständnisinnig.

»Und wer ist diese lange, knochige Person, dieser Ausbund von Tüchtigkeit« – sie stieß ihre Ellbogen energisch hin und her – »wer ist das?«

»Mrs. Pridgett«, antwortete ich.

»Sieh mal an, sieh mal an«, flüsterte sie aufgeregt und sah sich weit im Kreise um. »Denk immer dran! *Er* weiß. *Er* versteht. Wie energisch, wie männlich, wie unerschrocken! ...Nur *ein* t?«

Ich schüttelte unsicher den Kopf.

»Wozu muß er das auch wissen?« rief sie verächtlich. »Aber unter uns, Arthur, eins steht fest: daß wir *lernen* müssen, ganz gleich mit wieviel Kopfschmerzen. Alles können wir natürlich nicht wissen. Selbst Miss Coppin weiß nicht alles« – sie neigte sich geflissentlich nach vorn –, »obgleich ich ihr das niemals sagen würde. Wir müssen versuchen, alles zu begreifen, was wir nur können, und zwar auf der Stelle. Du wirst vielleicht überrascht sein zu erfahren, liebes Kind, daß es etwas gibt, was ich erst seit gestern weiß: nämlich, wie über alle Maßen *traurig* das Leben ist.«

Ihre Lippen zogen sich schmerzlich zusammen, und sie ließ das Kinn auf ihren flachen Busen sinken. »Und doch sprechen sie kaum darüber, weißt du... Sie *erwähnen* es einfach nicht. Dabei wird es alle

Augenblicke, jede Stunde, jeden Tag, jedes Jahr – eins, zwei, drei, vier, fünf, sieben, zehn und so fort«, sie hielt inne und runzelte die Stirn, »trauriger und trauriger. Warum? Warum? Es ist merkwürdig, aber ach, es ist so. Du machst dir ja gar keine Vorstellung, Kind, wie entsetzlich traurig ich selber oft bin. Abends, wenn sie sich in ihren weißen Gewändern alle versammeln und schweben und schweben, hinauf und hinauf, sitze ich auf der Gartenbank, auf Miss Coppins Gartenbank, genau in der Mitte – sei so gut und vergiß das nicht, hörst du? –, und meine *Gedanken* machen mich traurig.« Sie zog ihre Augen und ihre Schultern zusammen. »Ja, traurig, mein Kind. Und sie jagen mir Angst ein! Warum muß ich so beschützt werden? *Ein* Engel, gut – der größte Narr könnte die Weisheit dahinter begreifen. Aber *Milliarden!* – die mich mit ihren starren Augen so unverschämt anstrahlen. Um *so* viele habe ich nie gebeten, lieber Freund. Und ich bin überzeugt, du und ich, wir bitten doch, weiß Gott, manchmal um die komischsten Dinge. Aber da hast du's – die arme Miss Duveen ist wieder mal bei ihrer Theologie angelangt – rabbel, rabbel, rabbel. In der Gemeinschaft mit dem Bösen muß man vorsichtig sein!... Mrs. Partridge und Großmama, wie nett, *so* nett... Aber selbst das ist doch auch ein *bißchen* traurig, wie?« Sie legte ihren Kopf fragend auf die Seite, wie ein im Schnee verendender Vogel.

Ich lächelte, denn ich wußte nicht recht, was sie sonst von mir erwartete, und augenblicklich wurde ihr Gesicht ernst und streng.

»Er hat recht, er hat ganz recht. Man darf *niemandem* etwas Böses nachsagen. *Niemandem.* Wir müssen den Mund halten. Wir...« Plötzlich schwieg sie, trat einen Schritt vor und neigte sich über das Wasser zu mir herunter, die Augenbrauen in ihrem winzigen Gesicht waren ganz hochgezogen. »Schscht!« wisperte sie und legte ihren langen Zeigefinger auf den Mund. »Lauscher!« Sie strich ihre Röcke glatt, rückte ihre Kappe zurecht und verschwand. Aber gleich darauf streckte sie ihren Kopf schon wieder aus den dichtbelaubten Büschen hervor. »Ein Rendezvous? Ganz ausgeschlossen!« sagte sie unnachgiebig. Doch gleich darauf verzog sich ihr armes, humorvolles, hilfloses, verschrobenes, so liebenswertes Gesicht zu einer wunderbaren Grimasse und zwinkerte mir zu, was unmißverständlich heißen sollte: »Aber ja! Natürlich!«

Wir hatten tatsächlich ein Rendezvous; das erste von vielen und doch so wenigen. Manchmal saß Miss Duveen neben mir und war anscheinend so in Gedanken versunken, daß ich glatt in Vergessenheit geriet. Und doch hatte ich vielfach den leisen Verdacht, daß sie sich oft nur verstellte. Einmal, als ich es wagte, die Initiative zu ergreifen, und ihr über das Wasser hinweg »Guten Morgen« zurief, starrte sie mich derartig an, daß ich völlig außer Fassung geriet. Bei dieser Gelegenheit vervollständigte sie meine Fassungslosigkeit noch durch eine unvermutete, wütende Grimasse – einer Mischung von Verachtung, Eifersucht und Haß.

Aber oftmals trafen wir uns wie alte Freunde und unterhielten uns. Das war für mich ein neuer, wenn auch nicht immer willkommener Zeitvertreib in dem langgestreckten schattigen Garten, der mein geheimer Tummelplatz war. Wo unsere Erlenbüsche sich über dem fließenden Wasser berührten und ihre Zweige ineinander verflochten und wo gelegentlich auch ein Eisvogel auftauchte, dort war gewöhnlich unser Treffpunkt. Aber manchmal, wenn sie mich einlud, wagte ich mich über die flachen Steine im Bach hinweg in ihren Garten. Und gelegentlich, wenn auch nur äußerst selten, kam sie in mein Reich. Wie deutlich ich sie noch vor mir sehe, wenn sie so mit ungeheurer geistiger Konzentration auf Zehenspitzen von Stein zu Stein balancierte, mit ihren dunkellila Unterröcken, den weißen Strümpfen und den losen Zugstiefeln. Und wenn sie dann schließlich neben mir stand, drückte sie ihre Hand mit den Halbhandschuhen gegen ihre Brust und bekam einen Lachanfall, bis ihr die Tränen in die Augen traten und sie kaum noch Luft bekam.

»Immer, wenn ich in Gefahr bin«, erzählte sie mir einmal, »halte ich den Atem an und kneife die

Augen zu. Und wenn ich dir von jeder Gefahr erzählen könnte, dann würdest du, glaube ich, vielleicht auch verstehen, was ich meine – die gute, liebe Miss Coppin...« Ich verstand es zwar nicht, sah aber doch ungefähr, wenn auch nur sehr vage, worauf diese konfuse Erklärung anspielte.

Wie fast alle Kinder hatte ich es am liebsten, wenn Miss Duveen mir von ihrer eigenen Kindheit erzählte. Irgendwie fiel mir auf, daß sie meistens, wenn wir in der Nähe von Blumen oder unter blühenden Zweigen saßen, unwillkürlich auf dieses Thema zu sprechen kam. Dann konnte sie unermüdlich von dem weißen, geräumigen, sonnigen Haus, irgendwo, nirgendwo plaudern – es machte sie traurig und verwirrte sie, wenn ich sie fragte, wo –, in dem sie ihre ersten glücklichen Jahre verbracht hatte. Ihr Vater ritt auf einem Rappen, und ihre Mutter ging in einem Krinolinenkleid mit ihr im Garten spazieren. Sie trug ein Medaillon am Hals, in dem die gemalte Miniatur eines ›himmlischen‹ Edelmannes verborgen war. Wie entsetzlich weit das alles zurückzuliegen schien!

Es kam mir vor, als sei sie selbst in diese ferne Vergangenheit zurückgesunken und plappere daher wie ein Kind, das schon damals infolge seiner winzigen Anomalie etwas vereinsamt war.

»Das war vor...«, begann sie gewöhnlich genau zu erklären, und ein wirres Netz tiefgefurchter Falten überzog ihre gewölbte Stirn und trübte ihren

Blick. Sie mochte wohl die Zeiten durcheinanderbringen, aber mir ging es oft genauso. Jede Erzählung über ihre Mutter erinnerte sie meist an ihre ältere Schwester Caroline. »Meine Schwester Caroline«, wiederholte sie immer ganz mechanisch, wie auswendig gelernt. »Meine Schwester Caroline wurde später, was du vielleicht nicht weißt, Arthur, Mrs. Bute. *So* viel Charme, *so fein*, *so* gebildet. Und Oberst Bute – ein Offizier und ein Ehrenmann, das kann ich nicht anders sagen. Und dennoch... Weiß Gott, nein! Meine liebe Schwester war *gar* nicht glücklich. Und deshalb ist es zweifellos auch noch ein Glück im Unglück gewesen, daß sie durch einen traurigen Unfall ums Leben gekommen ist. Sie wurde ertrunken aufgefunden. In einem See, wohlverstanden, nicht bloß in so einem seichten, geräuschvollen Bach. Das ist ein ewiger, stiller Kummer von mir. Deine Großmama wäre natürlich entsetzt, wenn sie das hörte – entsetzt! Und Partridge ist nicht mal standesgemäß geboren, um sie einzuweihen – in *unser* Geheimnis, liebes Kind – mit ihrem schönen vollen Haar und ihren eleganten Füßen, und ihre Augen waren nicht weiter offen als so ... aber blau, so blau wie Vergißmeinnicht. Wenn meine Zeit gekommen ist, wird Miss Coppin mir doch bestimmt auch die Augen zudrücken, das hoffe und wünsche ich. Ich weiß, mein liebes, liebes Kind, daß die Leute immer behaupten, wenn man tot ist, schlafe man nur. Nun, *das* will ich ja gerne glauben und hoffen. Aber mit weit offenen Augen schlafen – nur *das* nicht!« Und hastig drehte sie ihren kleinen zerzausten Kopf zur Seite.

»Aber hat man *ihr* denn die Augen *nicht* zugedrückt?« erkundigte ich mich.

Miss Duveen ignorierte die Frage. »Ich äußere ja kein Wort des Vorwurfs«, fuhr sie rasch fort, »ich bin mir nur vollkommen klar darüber, daß solche Dinge mich beunruhigen. Miss Coppin sagt immer zu mir, ich solle nicht denken. Sie meint, ich hätte sowieso nichts Vernünftiges zu sagen. ›Halt doch den Mund‹, sagt sie zu mir. Und dann muß ich still sein. Alles, was ich dir hier nur zu erklären versuche, Arthur – und ich weiß, du wirst es als unser Geheimnis immer hüten –, alles, was ich sagen will, ist, daß meine geliebte Schwester Caroline ein begabtes und schönes Geschöpf war, das keinen Schatten, keine Spur, nicht den kleinsten Anflug geistiger Verwirrung kannte, und auch nicht die geringste Veranlagung dazu hatte. *Nichts!* Und doch, als sie sie aus dem Wasser zogen und da ans Ufer legten, mit offenen Augen...« Sie krümmte sich plötzlich in einem Anfall gräßlicher Atemnot, und einen Moment lang hatte ich Angst, sie würde sterben.

»Nein, nein, nein!« schrie sie, und ihr Oberkörper pendelte verzweifelt vorwärts und rückwärts, »du darfst doch sein junges, unschuldiges

Gemüt nicht mit solchen Bildern füllen! Das *darfst* du doch nicht.«

Ich saß auf meinem Stein und beobachtete sie und fühlte mich höchst unbehaglich dabei. »Aber wie hat sie denn nun *wirklich* ausgesehen, Miss Duveen?« konnte ich mich schließlich nicht mehr enthalten zu fragen.

»Nein, nein, nein!« schrie sie wieder. »Treib ihn aus, treib ihn aus! *Retro Satanas!* Wir dürfen nicht einmal *wissen* wollen, warum. Mein Vater und meine liebe Mutter haben bestimmt für Caroline ein gutes Wort eingelegt. Und auch ich werde bestrebt sein, meine Gedanken klar auszudrücken, wenn ich eines Tages abberufen werde. Und gerade *dann*, Arthur, in *diesem* Augenblick wäre ein Freund wie du so unendlich wertvoll: zu wissen, daß auch du in deiner Unschuld mir an dem betreffenden Tage helfen wirst, meine Gedanken zu sammeln, um unsere geliebte Caroline vor Gottes ewigem Zorn zu bewahren. Das, *das!* O Gott, o Gott!« Sie wandte mir ein Gesicht zu, das kaum wiederzuerkennen war, erhob sich zitternd und stürzte davon.

Manchmal war nicht Miss Duveen wieder zum Kinde, sondern ich war erwachsen geworden. »Wärst du jetzt dein schöner Vater gewesen, Arthur – oh, und ich sehe ihn *so* genau vor mir, liebes Kind –, wärst du dein Vater, dann hätte ich natürlich zu Hause bleiben müssen... das ist doch selbstverständlich. Es ist eine Anstandsregel, und alles beruht auf diesen Regeln. Denn wohin *käme* denn unsere Gesellschaft sonst?« rief sie in einem unbegreiflichen lichten Moment. »Ich finde auch, mein lieber Arthur, es werden immer mehr – die Regeln nehmen zu. Ich versuche ja auch, sie zu behalten. Meine liebe Kusine, Miss Coppin, kennt sie alle auswendig. Aber, was mich betrifft – ich habe manchmal das Gefühl, daß einem das *Gedächtnis* einen kleinen Streich spielt. Und das muß den Leuten sehr peinlich sein.«

Sie sah mich Antwort heischend an, aber die Antwort blieb aus. Mochte ich auch so stumm sein wie ein Fisch, so war es doch irgendwie eine Erleichterung für sie, zu mir sprechen zu können, wie ich annehme.

Und zu denken, daß *das* meine einzige Art von Hilfe sein sollte, wenn ich mir überlege, wieviel Freundschaft ich hätte geben können.

Miss Coppin begegnete ich tatsächlich nur ein einziges Mal, aber wir sprachen nicht miteinander. Ich war eigentlich zum Tee bei Miss Duveen. Dieser Plan war ursprünglich als ›ganz unmöglich, ganz unmöglich, liebes Kind‹, wochenlang diskutiert worden. ›Du darfst nie wieder davon sprechen.‹ In Wirklichkeit hatte ich ihn überhaupt nie erwähnt. Aber eines Tages – wahrscheinlich war ihr Schützling gerade weniger schwierig und brauchte weniger Überwachung –, eines Tages jedenfalls gingen Miss Coppin und ihre hagere Hausangestellte und Gesellschafterin tatsächlich zusammen aus und ließen Miss Duveen allein in Willowlea. Es war die günstigste Gelegenheit für unsere Freundschaft. Im Augenblick, wo ich sie aus dem Haus schlüpfen sah, ahnte ich, was sie vorhatte. Sie kam ans Ufer hinuntergelaufen und hatte Kleider von einer Farbe und Machart an, wie ich sie nie zuvor an ihr gesehen hatte. Ihre dunklen Augen leuchteten aus ihren Höhlen hervor, und ihre Hände zitterten vor Aufregung.

Es war ein stiller, warmer Nachmittag, und der Duft von Bartnelken, Linden und Levkojen lag in der Luft, als ich ihr – ich muß gestehen, etwas angstbebend – mit feierlicher Würde den ungewohnten Pfad zum Haus hinauf folgte. Ich kann nicht sagen, wessen Herz schneller schlug und wessen Augen ängstlicher umherspähten. Die Wangen meiner Freundin leuchteten in hellstem Violett. Um den Hals trug sie an einem Samtband ein großes silbernes Medaillon, und ich folgte ihr über die ausgeblaßten grünen Stufen, an den dunklen Bildern vorbei, die Treppe hinauf in ihr kleines dumpfiges Schlafzimmer unterm Dach. Wir Menschenwesen, heißt es, sind von einer Art Aura umgeben, die aber die Mehrzahl von uns gar nicht mehr wahrnimmt. Nichtsdestoweniger lag hier, in diesem Mansardenstübchen, etwas davon in der Luft, ein Hauch, wie der Duft von Birnen – aber ich nehme an, auch jeder Vogel gibt seinem gewohnten Käfig sein eigentümliches Gepräge.

»Das«, sagte sie und deutete auf das Bett, den Spiegel und den Waschtisch aus Kiefernholz, »das, liebes Kind, mußt du entschuldigen, besser gesagt, du mußt es einfach nicht sehen. Aber wie könnten wir, die wir so intime Freunde sind, in der Gemeinschaft Fremder sitzen?«

Ich weiß nicht recht, warum, aber dieses Lieblingswort von Miss Duveen, ›Gemeinschaft‹, erinnerte mich immer mit äußerstem Abscheu an die ganze feindselige Gehässigkeit und Härte, die Miss Coppin und Ann Partridge in sich verkörperten. In meinem vergeblichen Bemühen, keine Notiz von Miss Duveens persönlicher Habe zu nehmen, starrte ich auf das seltsame Teegedeck.

Irgendwie war es ihr gelungen, ein Rosinenbrötchen für mich aufzutreiben – ein Rosinenbrötchen mit Safran. Dann stand noch eine Schüssel mit einem grauen Pudding da und ein Teller mit Himbeeren, bei denen ich (und ich muß zu meiner Schande gestehen, mit schmerzlicher Verwunderung) nicht umhin konnte, den Verdacht zu hegen, daß sie sie am Morgen eigenhändig von den Sträuchern meiner Großmutter gepflückt hatte. Wir sprachen nicht sehr viel. Sie hatte Herzschmerzen. Außerdem verriet ihr Gesicht, wie heiß ihr war und wie sehr ihre tollkühne Einladung sie belastete und ängstigte. Ich aber trank seelenruhig meine

Milch mit Wasser. Ich saß auf einer Hutschachtel und sie in einem alten Korbstuhl. Wir waren fast formell und reserviert miteinander, lächelten uns über unsere Tassen hinweg hie und da zu und verneigten uns und einigten uns höflich zustimmend über das Wetter.

»Und paß mir bloß auf, daß du nicht krank wirst, liebes Kind«, beschwor sie mich plötzlich, während ich langsam das Rosinenbrötchen verzehrte. Aber vollends außer sich geriet sie erst, als die ersten Anzeichen der ungeheuren Tatsache von Miss Coppins verfrühter und unerwarteter Rückkunft zu uns drangen. Sie brach in Tränen aus, ergriff und küßte meine klebrigen Hände ununterbrochen und flehte mich an, sie ja nicht zu verraten, sie flehte mich an, wegzugehen, sie flehte mich an, sie liebzubehalten, ›so, wie du deine liebe selige Mutter liebhast, Arthur‹, und als ich sie verließ, blieb sie auf den Knien liegen und preßte das Medaillon an ihre Brust.

Miss Coppin muß ungeheuer erstaunt gewesen sein, einen kleinen fremden Jungen leise an ihrem Schlafzimmer vorbeihuschen zu sehen, wo sie mit hochrotem Gesicht und herunterhängenden Hutbändern saß und sich die Stiefel auszog. Ann lief ich zu meinem Glück nicht in die Arme. Aber als ich sicher draußen im Garten in der Nachmittagssonne stand, waren mir Mut und Lust an diesem Abenteuer endgültig vergangen. Ich rannte den fremden Weg hinunter wie ein Hase auf der Flucht, sprang von Stein zu Stein über den Bach und machte nicht eher halt, bis ich unversehrt in meinem eigenen Schlafzimmer angekommen war, mir – wie komisch ist man doch in seiner Kindheit! – das Gesicht gewaschen und mich von Kopf bis Fuß umgezogen hatte.

Als ich bei meiner Großmutter am Teetisch erschien, sah sie mich von Zeit zu Zeit immer wieder sehr nachdenklich und forschend von der Seite an, aber die eigentliche Frage, die sie wirklich interessierte, blieb unausgesprochen.

Viele Tage vergingen, bevor wir, meine Freundin und ich, uns wieder trafen. Sie war, wie ich ihren verschiedenen geheimnisvollen Kopf- und Schulterbewegungen entnahm, die ganze Zeit, seit unserer Eskapade, in ihr Schlafzimmer verbannt gewesen und sah verschüchtert und ängstlich aus. Ihr kleines Gesicht wirkte in der Ruhe noch nichtssagender als sonst. Sogar dieses Zusammensein war voller Aufregungen, denn mitten in unserer Unterhaltung ging meine Großmutter plötzlich an diesem Nachmittag ganz zufällig – vielleicht auch einer unvorhergesehenen Laune folgend – im Garten spazieren und sah uns unter unserm Pflaumenbaum sitzen. Sie verneigte sich grüßend in ihrer vornehmen altmodischen Art, und Miss Duveen, deren Wangen und Stirn die Farbe ihres Unterrocks angenommen hatten, vollführte einen Hofknicks.

»Schönes, sehr schönes Wetter«, sagte meine Großmutter.

»In der Tat«, bestätigte meine Freundin, in ihrer Stellung verharrend.

»Ich hoffe, Ihr Befinden ist zufriedenstellend?«

»Sofern es Gott und eine kleine Herzschwäche erlauben, ja, Ma'am«, sagte Miss Duveen. »Er weiß alles«, fügte sie entschieden hinzu.

Meine Großmutter schwieg einen Augenblick. «Das ist sehr wohl wahr«, antwortete sie dann höflich.

»Und darin liegt die Schwierigkeit«, äußerte Miss Duveen plötzlich in ihrer verschrobenen, scheuen, freundlichen Art.

Meine Großmutter riß erstaunt die Augen auf, lächelte liebenswürdig, blieb stehen, streifte mich mit einem Blick, es wurden noch einige Höflichkeiten gewechselt, und dann war ich mit Miss Duveen wieder allein. Aber es war eine ernste und trübsinnige Freundin, die jetzt neben mir saß.

»Siehst du, Arthur, alles Schlimme ist nur zu unserm Besten, das wissen wir. Einschließlich der Motive. Das tröstet mich. Doch mein Herz ist traurig und beunruhigt. Nicht, daß ich die menschliche Gesellschaft fürchte oder meiden will, aber deine Großmutter ist vielleicht... weißt du, ich hatte nie die Fähigkeit, meine Mitmenschen zu behandeln, als wären sie aus Holz oder Stein. Und die Mühe, so zu tun, als merke ich es nicht, regt mich auf. Ein bißchen Hirschhorngeist könnte dieses *Herzklopfen* natürlich etwas lindern. Aber Miss Coppin hat alle Schlüssel. Es ist dieses ewige Anschreien, das einem die Höflichkeit so schwer macht.«

›Dieses Anschreien‹ – ich konnte mir ungefähr vorstellen, was sie meinte, hatte aber nicht die geringste Lust, darauf einzugehen. Der eine erstaunte, wesenlose Blick, mit dem meine Großmutter mich gestreift hatte, war besonders vernichtend gewesen. Und nur die Angst vor ihren Fragen hielt mich davon zurück, die Flucht zu ergreifen. Und so blieben wir im Schatten sitzen, Miss Duveen und ich, der Tag neigte sich dem Abend zu, und schließlich spazierten wir zum Wasser hinunter; und unter den Farben des Sonnenuntergangs warf ich den kleinen Weißfischen meine Krümel zu, während sie ununterbrochen weiterredete.

»Und trotzdem, Arthur«, schloß sie nach einem wer weiß wie umständlichen Monolog, »habe ich das Gefühl, als sollte ich dich um Verzeihung bitten. So viel ist noch zu tun; eine solche Fülle von schönen Dingen hätte mein Geschenk an dich sein können. Alles ist hier drin«, sagte sie, indem sie sich auf die Stirn tippte. »Wenn auch, glaube ich, vielleicht nicht alles, was ich zu sagen hätte, so gut für dich wäre. Über vieles muß ich schweigen und vieles für mich behalten. Ich darf sie nicht erzürnen« – sie hob ihren Zeigefinger und blickte zum

Himmel –, »die da oben«, sagte sie ernst. »Ich werde in Versuchung geführt, geängstigt und verfolgt. Gezischel, Geschimpfe, Geschrei: das Fleisch ist eine gräßliche Last, Arthur. Ich sehne mich nach Frieden. Ach, könnt' ich doch nur entfliehen und ausruhen! Aber«, mit einer Kopfbewegung warf sie einen kurzen Blick über ihre Schultern zurück, »über vieles – große Versuchungen, unglückliche Liebschaften, über vieles, was die da oben sagen, muß ich schweigen. Es würde deine Unschuld bedrohen. Und das werde ich *nie*, nie tun. Dein Vater, dieser feine, edle Weltmann, hätte meine Schwierigkeiten verstanden. Aber er ist tot... was immer das bedeutet. Ich habe es so oft vor mich hingesagt, wenn Miss Coppin dachte, ich lebte nicht mehr – tot, tot, tot, tot. Aber ich glaube, ich habe den Sinn dieses Wortes bis heute noch nicht begriffen. Von dir, liebes Kind, werde ich sowas niemals sagen. Du warst für mich das Leben selbst.«

Wie rückhaltlos, wie zärtlich sie mich mit ihren verstörten, kummervollen Augen ansah...

»Du hast noch das ganze Leben vor dir, die ganze Welt. Wie prachtvoll ist es, ein Mann zu sein. Manchmal habe ich schon bei mir gedacht – wenn sie mir auch bestimmt nicht wehtun wollen –, aber es kommt mir fast so vor, als wären sie manchmal ein bißchen neidisch, daß *ich* im Leben eines Mannes eine Rolle gespielt habe. Doch ich will, um Gottes willen, nichts Böses damit gesagt haben.«

Sie richtete ihren durchdringenden, dunklen, geistesabwesenden, starren Blick auf mein Gesicht und wackelte mit dem Kopf. »Jetzt sagen sie wahrscheinlich gerade zueinander – ›*Wo ist sie bloß? Wo ist sie denn bloß? Es wird doch schon dunkel, hm, hm, wo mag sie denn bloß sein?*‹ O Arthur, *dort* wird es dann wenigstens nie mehr Nacht. Daran müssen wir fest glauben, wir *müssen* einfach – trotz einem gelinden Grauen vor dem blendenden Gefunkel. Meine Kusine, Miss Coppin, billigt meine Wünsche nicht. Überall im Hause ist Gas, Gas, Gas, und wenn es nicht singt, dann heult es. Man würde meinen, daß sie mir zumindest soweit vertrauen, mir meinen eigenen, einzigen Gasarm zu lassen. Aber nein. Ann, glaube ich – ja manchmal fürchte ich es fast – hat kein – – –« Sie zuckte heftig zusammen und schüttelte ihren kleinen Kopf. Dann fuhr sie ohne Zusammenhang fort: »Auch wenn ich nicht mehr da bin, mein Kind, wirst du doch trotzdem immer hübsch vernünftig und vorsichtig sein, nicht wahr? Höre nur auf das, was dir dein Herz über mich sagt. Erst wenn du älter bist... Ja, gewiß, er muß erst älter werden«, wiederholte sie nachdenklich. »Alles geht ununterbrochen weiter und weiter – und im Kreise herum!« Sie schien ganz überrascht, als sei damit plötzlich Klarheit in ein altes, unendlich verworrenes Problem gekommen.

»Über deine Seele habe ich nie mit dir gesprochen, liebes Kind«, sagte sie einmal zu mir. »Und vielleicht wäre es gerade eine meiner Hauptaufgaben gewesen, immer wieder mit dir über deine Seele zu sprechen. Ich erwähne das jetzt nur für den Fall, daß sie mich zurückweisen, wenn ich dort oben ankomme. Das belastet mich; und ich trag' doch schon so viele Lasten und soviel Leid. Und es gibt Zeiten, wo ich nicht sehr weit denken kann. *Klar* ist mir der Gedanke schon, aber er bleibt sich immer gleich. Wie ein Schaf kommt er immer wieder – ›Bäh-ä-äh‹, macht er!« Sie mußte laut auflachen und verdrehte den Kopf, um mich dabei anzusehen. »Miss Coppin hat natürlich keine derartigen Schwierigkeiten. Auch Männer kennen sowas nicht. Und bei dieser Gelegenheit wollen wir ein anderes kleines Geheimnis miteinander teilen. Wir können doch schweigen, nicht?« Sie neigte den Kopf und sah mir forschend ins Gesicht. »Hier«, sie klopfte sich auf die Brust, »trage ich sein Bild. Das Bild meines Einziggeliebten. Und wenn du so gut wärst, dich umzudreh'n, liebes Kind, kann ich ihn vielleicht herauszieh'n.« Das oxydierte Medaillon an dem schmuddligen Band enthielt die Miniatur eines blasierten, verwöhnt aussehenden jungen Offiziers, den sie mir zeigte.

»*Das* hat mir Miss Coppin in ihrer großen Güte gelassen«, sagte sie und rieb das Schutzglas auf ihrem Knie blank, »doch tragen darf ich es eigentlich nicht. Das ist verboten. Denn siehst du, Arthur, man ist nicht nur verpflichtet, nicht über die Vergangenheit nachzugrübeln, es ist vielleicht sogar unanständig. Eines Tages wirst auch du wahrscheinlich ein zartes Mädchen lieben. Ich beschwöre dich, halte dein Herz rein und wahr. Dieser hier konnte es nicht. Nicht ein einziges Wort des Vorwurfs ist mir entschlüpft. Nur meinem Schöpfer habe ich mein Leid geklagt, *niemals* jemand anderem – es hat mir mein kleines Mißgeschick nicht erträglicher gemacht. Aber es steht uns nicht zu, zu rechten. Wessen Aufgabe ist das wohl, he?« Und wieder wies ihr knochiger Zeigefinger, von einer unbeschreiblichen Grimasse begleitet, behutsam und vielsagend aus ihrem Schoß nach oben. »Bete, bete«, fügte sie leidenschaftlich hinzu. »Bete, bis dir das Blut über dein Gesicht herunterströmt! Bete, aber mach keine Vorwürfe. Sie tuscheln alle darüber. Untereinander«, fügte sie hinzu, während sie unter den ineinander verflochtenen Zweigen hervor und zwischen ihnen hindurch einen scheuen Blick nach oben warf. »Aber ich tue einfach so, als merke ich es gar nicht. Ich tue einfach so...« Diese Phrase schien sie hoffnungslos verwirrt zu haben. Wieder, wie nun schon so oft, bekamen ihre Augen diesen glasigen, furchtsamen Ausdruck, und sie ließ ihren Fuß auf dem Kies auf und ab wippen.

»Arthur«, rief sie plötzlich und zog meine Hand fest in ihren Schoß, »du warst meine Zuflucht in einer Zeit großer Heimsuchung. Wie sehr, das wirst du nie ermessen können, Kind. Meine Zuflucht und mein Frieden. Wir werden uns von nun an nur noch selten sehen. Denn alle sind dagegen. Sie drücken es immer wieder in ihren Blicken aus. Der Herbst wird uns trennen und dann der Winter – aber kaum noch ein Frühling, glaube ich. So ist es, Arthur, ich spüre es. Und dann werden sie mich hinausjagen.« In der tödlichen Blässe ihres Gesichts glühten ihre kleinen schwarzen Augen wie aus weiter Ferne.

Es war tatsächlich schon Herbst, und die Luft war golden und still. Die Blätter begannen zu fallen. Auch die späten Früchte waren schon fast alle abgeerntet. Rotkehlchen und Meisen schienen jetzt unsere einzigen Vögel zu sein. Der Regen kam in Strömen. Der Wandle rauschte jetzt und schwoll an und toste hoch über unsere Sprungsteine hinweg. Nach diesem letzten Gespräch sah ich unsere Nachbarin so gut wie gar nicht mehr. Aber eines stillen Nachmittags entdeckte ich sie zufällig wieder, als sie in einem abgetragenen, altmodischen Kapuzenmantel starr am reißenden Bach stand. Ihr schütteres, hoch hinaufgekämmtes Haar bauschte sich über ihrer Stirn.

Sie fixierte mich einen Moment lang, warf einen ängstlichen Blick über ihre Schulter zurück und schoß mir dann über den Bach hinweg einen kleinen Brief zu, der wie ein Dreimaster gefaltet und mit einem Kieselstein beschwert war. Dann flüsterte sie mir hastig und eindringlich über das Wasser hinweg etwas zu; aber weder konnte ich ein Wort von dem verstehen, was sie sagte, noch konnte ich ihre enge, krakelige Handschrift entziffern. Und bestimmt war ich zu scheu, oder in gewisser Weise auch zu loyal, oder ich genierte mich zu sehr, ihn meiner Großmutter zu zeigen. Noch heute ist die Erinnerung daran wenig schmeichelhaft für mich. Ich rief Miss Duveen zu, daß ich hineingehen müsse; und ich sehe sie noch da stehen und mir mit einem verwunderten, schmerzlichen Ausdruck im Gesicht unter ihrer Kapuze hervor nachschauen.

Auch danach winkten wir uns noch manchmal über das Wasser hinweg zu, denn es gelang mir nie, ihr rechtzeitig zu entwischen, auch wenn ich mich noch so schnell versteckte. Die Entfernung schien sie zu verwirren und mir vollkommen die Rede zu verschlagen. Langsam wurde mir klar, was für lächerliche Freunde wir waren, besonders, nachdem sie jetzt in immer düstereren und verrückter aussehenden Kleidern daherkam. Sie sah sogar hungrig, auch nicht ganz sauber und obendrein noch krank aus. Und als wir uns wieder einmal trafen, sprach sie mehr mit ihren Phantomen als mit mir.

Im Garten lag der erste Frost. Die Bäume standen kahl unter dem blaßblauen sonnigen Himmel, und ich stand am Fenster und sah in den Rauhreif hinaus, als meine Großmutter zu mir sagte: »Du wirst unsere Nachbarin wohl kaum mehr wiedersehen.«

Ich blieb stehen, wo ich stand, ohne mich umzudrehen, und starrte in hilfloser Verlegenheit aus dem Fenster auf die regungslosen, geisterhaften Bäume und die vereinzelten einsamen Vögel.

»Ist sie denn gestorben?« erkundigte ich mich.

»Wie ich gehört habe, waren ihre Freunde gezwungen, sie in eine Anstalt zu bringen«, gab sie mir zur Antwort. »Das war zweifellos das einzig Richtige. Nur hätten sie das schon früher tun sollen. Aber das ist selbstverständlich nicht unsere Sache. Vielleicht wäre der Tod für dieses arme Geschöpf sogar noch eine glücklichere und gnädigere Lö-

sung gewesen. Sie war ja doch hoffnungslos verrückt.«

Ich sagte nichts und starrte weiter zum Fenster hinaus.

Doch jetzt weiß ich, daß die Nachricht, trotz einer gewissen Trauer, damals eine große Erleichterung für mich war. Ich konnte wieder ungestört im Garten sein, war mein Gedanke; auch brauchte ich jetzt keine Angst mehr zu haben, lächerlich zu wirken und rot zu werden, wenn von unserer Nachbarin die Rede war, oder mir am Bach ihre Gesellschaft aufzwingen zu lassen.

Seatons Tante

Gerüchte über Seatons Tante hatte ich schon lange gehört, bevor ich sie kennenlernte. Bei jeder Gelegenheit, wenn er einem etwas anvertraute, ober beim geringsten Anzeichen von Entgegenkommen unsererseits, ließ Seaton Bemerkungen fallen wie: »Meine Tante, weißt du«, oder »meine alte Tante«, als wäre seine Verwandte eine Art Bindemittel in einer *entente cordiale*.

Er hatte ein ungewöhnlich großes Taschengeld, vielmehr wurde es ihm jedenfalls in ungewöhnlich hohen Beträgen überwiesen, und er gab es skrupellos aus. Und doch hätte ihn keiner von uns als ›schrecklich großzügigen Burschen‹ geschildert. »Hallo, Seaton«, pflegten wir ihm zuzurufen, wenn das Geld kam, »wieder die alte Begum?« Auch brachte er bei Semesterbeginn immer überraschende und exotische Leckereien in einem Kasten mit Patentsicherheitsschloß mit zurück, den er schon bei seinem ersten Auftauchen im Gummidge-Internat, einen flachen, runden, einer Melone ähnlichen Filzhut auf dem Kopf, bei sich gehabt hatte und der ihn bis zum ziemlich abrupten Abschluß seiner Schultage begleitete.

Vom Standpunkt eines normalen Jungen aus gesehen, machte er mit seiner gelblichen Haut, seinen schweren schokoladenfarbigen Augen und seiner mageren, schwächlichen Gestalt einen unangenehm fremdländischen Eindruck. Allein dieses Aussehens wegen wurde er von den meisten von uns reinrassigen Engländern mit Herablassung, Feindseligkeit oder Verachtung behandelt. Wir nannten ihn gewöhnlich ›Pongo‹*, ohne daß wir eine bessere Entschuldigung für diesen Spitznamen gehabt hätten als seine Hautfarbe. Er nahm ihn hin, ohne beleidigt zu sein, wie er überhaupt alles mitmachte, bis auf Sport.

Seaton und ich, das kann ich wohl sagen, waren in der Schule nie in irgendeiner Form intim befreundet. Unsere Wege kreuzten sich nur im Klassenzimmer. Ich hielt mich absichtlich von ihm fern. Irgendwie hatte ich das Gefühl, er sei ein Schnüffler, und ließ mich auch durch Annäherungsversuche seinerseits nicht erweichen, die ich, grausam wie Jungens sind, hochmütig ignorierte, wenn ich nicht gerade in der Stimmung war, großmütig zu sein.

Wir waren beide gute Läufer, und beim Barlauf pflegten wir uns manchmal zusammen zu verstecken. Und so habe ich Seaton auch am lebhaftesten in Erinnerung – sein schmales, angespanntes Gesicht in der Dämmerung eines Sommerabends, seine merkwürdige Art zu kriechen und sein undeutliches Geflüster und Gemurmel. Alle anderen Spiele spielte er schlampig und widerwillig, stand mit ein paar Kameraden vor seinem Schrank herum, wo sie sich mit Süßigkeiten vollstopften, bis ›die liebe Seele Ruh' hatte‹, oder er warf sein Geld für irgendeinen ausländischen Blödsinn hinaus. So

* Orang-Utan.

kaufte er zum Beispiel einen silbernen Armreifen, den er oberhalb seines linken Ellbogens trug, bis ihm ein Mitschüler seine männliche Verachtung solcher Praktiken dadurch zu verstehen gab, daß er ihm den Reifen fast rotglühend hinten in den Kragen gleiten ließ.

Es bedurfte daher eines ziemlich merkwürdigen Geschmacks und einer ziemlich seltenen Art von Schuljungenmut und Gleichgültigkeit gegenüber jeder Kritik, um sich viel mit ihm zu zeigen. Und ich hatte nicht die Lust, viel eher aber auch nicht den Mut dazu. Nichtsdestoweniger hofierte er mich und ging darin sogar so weit, mir bei einer denkwürdigen Gelegenheit einen ganzen Topf ausländischen weinroten Fruchtgelee zu schenken, den er in seinem Semestervorrat doppelt geschickt bekommen hatte. Im Überschwang meiner Dankbarkeit versprach ich ihm, den nächsten Semesterfeiertag mit ihm im Hause seiner Tante zu verbringen.

Ich hatte mein Versprechen glatt vergessen, als er ein paar Tage vor dem freien Tag angelaufen kam und mich triumphierend daran erinnerte.

»Weißt du, Seaton, alter Knabe, ganz ehrlich gestanden...«, fing ich liebenswürdig an, aber er schnitt mir das Wort ab.

»Meine Tante erwartet dich«, sagte er. »Sie freut sich sehr, daß du kommst. Zu *dir* wird sie bestimmt sehr nett sein, Withers.«

Ich sah ihn ganz entgeistert an. Auf eine solche

Emphase war ich nicht vorbereitet gewesen. Sie ließ eine ganz andere Art von Tante vermuten als die bisher erwähnte, und freundschaftliche Gefühle von seiten Seatons, die eher beunruhigend als willkommen waren.

Wir erreichten das Haus seiner Tante teils per Eisenbahn, teils per Anhalter in einem leeren Bauernwagen und teils zu Fuß. Wir hatten einen ganzen Tag frei und sollten über Nacht bleiben. Ich weiß noch, daß er mir ganz ausgefallenes Nachtzeug lieh. Die Dorfstraße war ungewöhnlich breit, weil sie aus zwei Wegen entstanden war, die beim Dorfanger in sie einmündeten. Sie hatte einen Gasthof und an der Ecke einen hohen grünen Wegweiser. Etwa hundert Meter die Straße hinunter befand sich eine Drogerie, das Geschäft eines Mr. Tanner. Wir stiegen die beiden Stufen in sein düsteres, nach allem möglichen riechendes Innere hinunter, um, soviel ich mich erinnere, Rattengift zu kaufen. Kurz hinter der Drogerie lag die Schmiede. Dann ging man einen sehr schmalen Pfad an einer ziemlich hohen Mauer entlang, von der hie und da Unkraut und Grasbüschel heruntennickten, bis man an ein eisernes Gartentor kam und dahinter das hohe, flache Haus hinter dem riesigen Ahorn sah. Links vom Haus stand ein Wagenschuppen, und rechts von ihm führte eine Gartentür in einen verwilderten Obstgarten. Der

Rasenplatz zog sich nach links hinüber, und unterhalb lag eine Wiese (der ganze Garten fiel nämlich sanft zu einem teichähnlichen, träge dahinplätschernden, binsenbestandenen Bach ab).

Wir kamen mittags an und traten aus dem heißen Staub unter die glitzernden, dunkel verhängten Fenster. Seaton führte mich sofort durch die kleine Gartentür, um mir seinen Kaulquappenteich zu zeigen, in dem, wie es mir schien (ich selber interessiere mich nämlich überhaupt nicht für niedrige Lebewesen), die gräßlichsten Kreaturen in allen möglichen Formen, Konsistenzen und Größen herumwimmelten, mit denen Seaton aber offensichtlich auf vertrautestem Fuße stand. Ich sehe noch sein fasziniertes Gesicht vor mir, wie er, auf seinen Fersen hockend, die schleimigen Dinger mit seinen hohlen Handflächen herausfischte. Als er endlich von diesen Lieblingen genug hatte, trieben wir uns eine Weile ziellos herum. Seaton schien auf etwas zu horchen, oder auf alle Fälle darauf zu warten, daß etwas geschähe oder jemand käme. Aber nichts geschah, und niemand kam.

Das sah Seaton doch wieder mal ganz ähnlich. Jedenfalls bekam ich seine Tante zum erstenmal zu Gesicht, als wir, vom fernen Dröhnen eines Gongs gerufen, sehr hungrig und durstig aus dem Garten kamen, um zum Lunch zu gehen. Als wir uns dem Hause näherten, blieb Seaton plötzlich wie angewurzelt stehen. Ja, ich habe immer den Eindruck gehabt, daß er mich sogar am Ärmel zupfte. Zumindest schien mich etwas – was, weiß ich nicht mehr genau – zu zwingen, stehenzubleiben, als er auch schon rief: »Achtung! da ist sie!«

Sie stand an einem weit offenen Fenster im ersten Stock, und ihre Gestalt wirkte auf den ersten Blick ungeheuer groß und überwältigend. Das kam jedoch hauptsächlich daher, weil das Fenster fast bis zum Fußboden ihres Schlafzimmers herunterreichte. In Wirklichkeit war sie, trotz ihres langen Gesichts und dem großen Kopf, eine eher unterdurchschnittlich große Frau. Ich glaube, sie muß ganz ungewöhnlich still gestanden haben, ohne uns auch nur eine Sekunde lang aus den Augen zu lassen. Vielleicht war dieser Eindruck auch nur durch Seatons unverhoffte Warnung und meine Betretenheit über den ängstlich-gespannten und verschüchterten Ausdruck entstanden, den ihr Anblick auf seinem Gesicht hervorgerufen hatte. Ich weiß jedenfalls, daß ich ohne den geringsten Grund in der Welt eine Art Schuldgefühl empfand, als ob ich ›ertappt‹ worden wäre. Ein silbernes Sternenmuster war über ihr schwarzes Seidenkleid gesprenkelt, und sogar von meinem Standort aus konnte ich ihre ungeheuren Haarlocken und die Ringe an ihrer linken Hand sehen, die an den kleinen Jettknöpfen ihrer Taille herumspielten. Unbeweglich beobachtete sie unser gemeinsames Näherkommen, bis ihr Blick sich unmerklich nach oben richtete und in der Ferne verlor, so daß sie plötzlich, als wir nahe beim Haus ankamen, wie aus einer Träumerei zu unserer Gegenwart unter ihrem Fenster zu erwachen schien.

»Das ist also dein Freund, Mr. Smithers, wie ich annehme?« sagte sie mit einer leichten Kopfbewegung zu mir hin.

»Withers, Tante«, korrigierte Seaton.

»Ist ungefähr dasselbe«, entgegnete sie, ohne den Blick von mir zu lassen. »Kommen Sie nur herein, Mr. Withers, und bringen Sie den da mit.«

Sie hörte nicht auf, mich anzustarren – wenigstens bildete ich es mir ein. Ich weiß nur, daß ihr fortgesetztes, durchdringendes Starren und ihr ironisches ›Mr.‹ ein merkwürdig unbehagliches Gefühl in mir auslösten. Indessen war sie äußerst freundlich und aufmerksam zu mir, wenn auch ihre Freundlichkeit und Aufmerksamkeit mir gegenüber im Vergleich zu der völligen Negierung und geringschätzigen Behandlung Seatons noch krasser zum Ausdruck kam. Ich habe nur *eine* Bemerkung noch in Erinnerung, die sie ihm gegenüber machte: »Wenn ich meinen Neffen ansehe, Mr. Smithers, wird mir klar, daß wir Staub sind und wieder zu Staub werden müssen. Du bist verschwitzt, schmutzig und unverbesserlich, Arthur.«

Sie saß am oberen Ende des Tisches, Seaton am unteren, und ich an der Längsseite zwischen ihnen. Vor mir breitete sich die riesige Leere des Damasttischtuches aus. Es war ein altes, ziemlich enges Eßzimmer, durch dessen weitgeöffnete Fenster der Blick auf den grünen Garten und ein prachtvolles Spalier verblühender Rosen fiel. Miss Seatons hoher Lehnstuhl war diesem Fenster zugewandt, so daß der rosige Schein voll auf ihr Gesicht und ihre Augen fiel. Es waren genau dieselben schokoladenbraunen Augen wie die meines Schulkameraden, nur wurden ihre bis über die Hälfte von ungewöhnlich langen, schweren Lidern verdeckt.

Dort saß sie und aß und starrte mir dabei mit ihren phlegmatischen Augen fast ununterbrochen ins Gesicht. Zwischen ihren Brauen standen tiefe Falten, und darüber dehnte sich unter ihrem seltsam aufgetürmten Haarwulst die breite Wölbung einer erstaunlichen Stirn. Das Essen war üppig und bestand, wie ich mich erinnere, aus lauter Gerichten, die im allgemeinen als zu schwer und gut gelten, um für einen Schuljungen bekömmlich zu sein. Es gab Hummermayonnaise, kaltes Wild, Würste, eine riesige, mit Ei und Trüffeln und zahllosen köstlichen Gewürzen gefüllte Kalbs- und Schinkenpastete, und außerdem noch Süßspeisen, Cremes und Konfekt. Es gab sogar Wein – jeder von uns bekam ein halbes Glas alten dunklen Sherry.

Miss Seaton erfreute sich eines ungeheuren Appetits, den sie voll auskostete. Ihr Beispiel und eine natürliche Schuljungengefräßigkeit besiegten bald meine Scheu vor ihr, und zwar soweit, daß ich sogar imstande war, diesen so seltenen Genuß bis zur Neige auszukosten. Seaton war außergewöhnlich bescheiden. Der größte Teil seiner Mahlzeit bestand aus Mandeln und Rosinen, die er verstohlen knabberte, und zwar so, als hätte er Schwierigkeiten, sie hinunterzuschlucken.

Ich will nicht behaupten, daß Miss Seaton sich mit mir geradezu ›unterhielt‹. Sie ließ nur gelegentlich bissige Bemerkungen fallen und schleuderte ab und zu unter vielsagendem Augenzwinkern eine verfängliche Frage über meinen Kopf hinweg. Doch ihr Gesicht wirkte wie eine dunkle und komplizierte Ergänzung zu ihrem Gerede. Sehr bald ließ sie zu meiner großen Erleichterung das ›Mister‹ fallen und nannte mich nur noch Withers, oder Wither, oder auch Smithers; und einmal sogar, gegen Ende des Mahls, deutlich Johnson, wobei mir völlig schleierhaft ist, was dieser Name mit meinem zu tun hatte, oder wessen Bild mein Gesicht in ihrer Erinnerung heraufbeschwor.

»Und ist denn Arthur in der Schule ein guter Junge, Mr. Wither?« war eine ihrer vielen Fragen. »Sind seine Lehrer mit ihm zufrieden? Ist er der Erste in der Klasse? Was hält denn Ehrwürden Dr. Gummidge von ihm, hä?«

Ich wußte genau, daß sie sich über Seaton mokierte, aber ihr Gesicht verriet keine Spur von

Sarkasmus oder Spott. Ich starrte angelegentlich auf eine rote Hummerschere.

»Du bist doch Achter, Seaton, stimmt's?«

Seaton richtete seine kleinen Pupillen auf seine Tante. Aber sie sah mich weiter mit einer Art konzentrierter Geistesabwesenheit an.

»Arthur wird nie ein glänzender Schüler werden, fürchte ich«, sagte sie und führte ihrem weitgeöffneten Mund eine äußerst geschickt angefüllte Gabel zu...

Nach dem Essen geleitete sie mich hinauf in mein Schlafzimmer, ein sehr hübsches kleines Schlafzimmer, mit Teppichen, einem Kaminvorsetzer aus Messing und einem blankgebohnerten Fußboden, auf dem man, wie ich nachher herausfand, wunderbar schlittern konnte. Über dem Waschtisch hing ein kleines schwarzgerahmtes Aquarell, welches ein großes Auge mit einer besonders fischähnlichen Starrheit im Schlaglicht der schwarzen Pupille darstellte. Darunter stand in sehr sorgfältig ausgeführter, verzierter Druckschrift: ›Du, Gott, Siehest MICH!‹, gefolgt von einem langen, verschnörkelten Monogramm in der Ecke, ›S.S.‹. Alle anderen Bilder waren Seestücke: Briggs in blauem Wasser, ein Schoner, dessen Segel die Kreidefelsen dahinter überragte, eine Felseninsel von erstaunlicher Steilheit mit zwei winzigen Matrosen, die gerade ein ungeheures Boot auf einen ganz schmalen Strand zogen.

»Das ist das Zimmer, Withers. Hier ist mein armer lieber Bruder William schon als kleiner Junge gestorben. Genießen Sie die Aussicht!«

Ich sah aus dem Fenster, über die Bäume hinweg. Es war ein heißer Tag, mit Sonnenschein über den Feldern, und Kühe standen im Wasser und schlugen mit den Schwänzen. Aber die Aussicht wurde im Augenblick zweifellos noch faszinierender in der Erwartung, daß sie mich sicher gleich nach meinem Gepäck fragen würde, und ich hatte nicht einmal eine Zahnbürste mitgebracht. Ich hätte keine Angst zu haben brauchen. Sie hatte nicht jenen hochentwickelten Typ von Gehirn, der genaue, wesentliche Einzelheiten festhält. Ebensowenig, wie man ihre umfangreiche Gegenwart auch nur im mindesten mit mütterlich hätte bezeichnen können.

»Ich würde mir nie einfallen lassen, einen Schulkameraden meines Neffen hinter seinem Rücken auszufragen«, sagte sie von der Mitte des Zimmers her, wo sie stand, »aber sagen Sie mir, Smithers, warum ist Arthur so unbeliebt? Sie sind, wie ich höre, sein einziger richtiger Freund.« Sie stand in einem grellen Sonnenstreifen und betrachtete mich unter ihren dicken Augenlidern hervor mit einer so bleiernen Eindringlichkeit, daß ich nicht sicher war, ob mein Gesicht auch nur den winzigsten meiner Gedanken vor ihr geheimhalten könnte. »Aber bitte, bitte«, fügte sie sehr zuvorkommend hinzu und neigte den Kopf ein wenig zur Seite, »bemühen Sie sich nicht, mir zu antworten. Ich versuche nie, eine Antwort zu erzwingen. Buben sind nun mal komische Käuze. Vielleicht hätte ihm sein Verstand wenigstens raten können, sich vor dem Essen die Hände zu waschen; aber – ich hab ihn mir ja schließlich nicht ausgesucht, nein, weiß Gott nicht! Und jetzt würden Sie vielleicht lieber wieder in den Garten gehn. – Ich kann es von hier aus nicht deutlich sehen, aber es sollte mich gar nicht wundern, wenn Arthur nicht gerade wieder hinter jener Hecke da herumschleicht.«

Es stimmte. Ich sah seinen Kopf auftauchen und einen schnellen Blick auf die Fenster werfen.

»Leisten Sie ihm Gesellschaft, Mr. Smithers. Wir sehen uns dann hoffentlich am Teetisch wieder. Ich ziehe mich nämlich am Nachmittag immer zurück.«

Ob das stimmte oder nicht – jedenfalls waren Seaton und ich noch gar nicht lange damit beschäftigt, unter Zuhilfenahme von zwei grünen Zweigen auf einem schwerfälligen alten Grauschimmel herumzureiten, den wir auf der Wiese vorgefunden hatten, als eine ziemlich vermummte Gestalt erschien und den Feldpfad auf der anderen Seite des Baches mit einem rotlila Sonnenschirm entlangspazierte, den sie während ihres langsamen Vorwärtsschreitens sorgfältig in unserer Richtung hin gesenkt hielt, als wäre er eine magnetische Nadel und wir der feststehende Pol. Seaton verlor im selben Augenblick die Nerven und jegliches Interesse. Beim nächsten Ruck, mit dem die alte Mähre ihre Hinterbeine hob, purzelte er ins Gras, und auch ich glitt von dem glatten breiten Rücken hinunter, um ihm Gesellschaft zu leisten, wo er stand, sich die Schulter rieb und der recht imposanten Gestalt mit finsterer Miene nachschaute, bis sie außer Sicht war.

»Du, Seaton, war das deine Tante?« fragte ich ihn – aber auch erst dann.

Er nickte.

»Warum hat sie uns denn gar nicht beachtet?«

»Das tut sie nie.«

»Warum denn nicht?«

»Ach, sie weiß sowieso alles; auch ohne das, das ist ja eben die verdammte Schweinerei!« Seaton war einer der ganz wenigen Schüler der Gummidge-Schule, die das Bedürfnis hatten, Kraftausdrücke zu gebrauchen. Er hatte auch schon dafür büßen müssen. Dabei glaube ich nicht mal, daß es bei ihm Angeberei war. Ich glaube vielmehr, daß er gewisse Dinge viel stärker empfand als die meisten andern Burschen, und das waren im allgemeinen Dinge, die ein glücklicher und normaler Mensch gar nicht merkt – zum Beispiel die eigenartige Beschaffenheit der englischen Schulknabenphantasie.

»Ich kann dir nur sagen, Withers«, fuhr er verdrießlich fort, während er, die Hände tief in den Hosentaschen, quer über die Wiese schlenderte, »sie sieht einfach alles. Und was sie nicht sieht, weiß sie auch so.«

»Aber woher denn?« fragte ich, nicht, weil es mich besonders interessierte, sondern nur, weil der Nachmittag so heiß und ermüdend und uninteressant war, und weil ich es noch langweiliger fand, zu schweigen. Seaton drehte sich sehr ungehalten um, und seine Stimme war sehr leise.

»Tu bloß nicht so interessiert, ich bitte dich. Sie weiß es – weil sie mit dem Teufel im Bunde ist.« Er nickte nachdrücklich und bückte sich, um einen runden, flachen Kieselstein aufzuheben. Noch gebückt, sagte er: »Ihr habt ja alle keine Ahnung, wie das ist, glaube mir. Ich weiß, ich bin ein bißchen verschlossen und komisch. Aber ihr wärt genauso, wenn ihr wüßtet, daß diese alte Hexe jeden Gedanken hört, den ihr denkt.«

Ich sah ihn an. Dann drehte ich mich zum Haus um und betrachtete ein Fenster nach dem andern.

»Wo ist denn dein *pater*?« fragte ich verlegen.

»Tot, schon seit ewigen Jahren, und meine Mutter auch. Von Rechts wegen ist sie noch nicht mal meine richtiggehende Tante.«

»Na, was ist sie denn dann?«

»Ich meine, sie ist nicht die Schwester meiner Mutter. Meine Großmutter war nämlich zweimal verheiratet, und sie ist vom ersten Wurf. Ich weiß nicht, wie man sowas nennt – aber meine richtige Tante ist sie jedenfalls nicht.«

»Sie gibt dir aber doch so viel Taschengeld.«

Seaton sah mich mit seinen nüchternen Augen fest an. »Was mir sowieso gehört, kann sie mir nicht geben. Wenn ich volljährig bin, gehört mir die Hälfte von allem, und nicht nur das« – er kehrte dem Haus den Rücken –, »ich werde sie zwingen, mir alles auf Heller und Pfennig auszubezahlen.«

Ich steckte die Hände in die Taschen und sah Seaton fasziniert an. »Ist es viel?«

Er nickte.

»Wer hat es dir gesagt?« fragte ich ihn.

Er wurde plötzlich ganz wütend, seine Wangen färbten sich dunkelrot und seine Augen blitzten, aber er gab keine Antwort, und wir trieben uns gelangweilt im Garten herum, bis es Zeit war, Tee trinken zu gehen...

Seatons Tante hatte eine ganz eigenartige Spitzenjacke an, als wir beide uns scheu zur Salontür hereindrückten. Sie begrüßte mich mit einem breiten und ausgiebigen Lächeln und bat mich, einen Stuhl dicht an das Tischchen zu rücken.

»Ich hoffe, Arthur hat Sie gut unterhalten«, sagte sie, als sie mir mit kokett gekrümmter Hand die Tasse reichte. »Mit mir redet er nicht viel, aber ich bin ja schließlich auch nur eine alte Frau. Sie müssen wiederkommen, Wither, und ihn aus sei-

nem Schneckenhaus ziehen. Du alte Schnecke!«
Sie deutete mehrmals mit dem Kopf auf Seaton,
der Kuchen essend dort saß und sie beobachtete.
»Vielleicht sollten wir auch korrespondieren.«
Sie zwinkerte mir auffällig zu. »Sie müssen mir
schreiben und mir hinter dem Rücken dieses Geschöpfs alles erzählen.« Ich fand ihre Gesellschaft
reichlich enervierend. Der Abend stieg herauf. Ein
Mann mit einem nichtssagenden Gesicht und einem sehr leisen Gang brachte Lampen herein.
Seaton wurde beauftragt, die Schachfiguren zu
holen. Sie und ich spielten eine Partie, und bei
jedem Zug stieß sie ihr ausladendes Kinn über das
Schachbrett vor, weidete sich an der Stellung der
Figuren und krähte von Zeit zu Zeit ›Schach!‹ –
worauf sie sich wieder zurücklehnte und mich unverwandt anstarrte. Aber die Partie schien kein
Ende zu nehmen. Sie kreiste mich nur mit einer
wachsenden Ansammlung ihrer Figuren ein, was
mich unbeweglich machte, weigerte sich aber
standhaft, meinem armen verängstigten alten
König den verdienten *coup de grâce* zu versetzen.

»Machen wir Schluß«, sagte sie, als es zehn
schlug, »die Partie ist unentschieden, Withers. Wir
geben uns beide nichts nach. Eine sehr geschickte
Verteidigung, Withers. Ihr Zimmer kennen Sie.
Auf einem Tablett im Eßzimmer ist das Abendbrot. Passen Sie auf, daß das Geschöpf sich nicht
überfrißt. Der Gong wird genau dreiviertel Stun-

den vor einem sehr pünktlichen Frühstück geschlagen.« Sie hielt Seaton ihre Wange zum Kuß hin, die er aber kaum berührte. Mir reichte sie die Hand.

»Eine ausgezeichnete Partie«, sagte sie herzlich, »aber mein Gedächtnis ist schwach, und« – sie fegte die Figuren, holterdiepolter, in den Kasten – »das Resultat wird man nie erfahren« – sie lehnte ihren großen Kopf weit zurück – »häh?«

Es war eine Art Herausforderung, und ich konnte nur murmeln: »Aber wieso denn nicht? Ich war doch praktisch schon erledigt«, als sie auch schon in ein Gelächter ausbrach und uns beide aus dem Zimmer winkte.

Seaton und ich aßen unser Abendbrot im Stehen in einer Ecke des Eßzimmers, beim Schein einer einzigen Kerze. »Na, wie würde dir das gefallen?« fragte er ganz leise, nachdem er vorsichtig einen Blick in den Korridor geworfen hatte.

»Was gefallen?«

»Dauernd kontrolliert zu werden – jeder Dreck, den du tust, und alles, was du denkst.«

»Es würde mir gar nicht gefallen, wenn sie das täte«, antwortete ich.

»Und doch läßt du zu, daß sie dich im Schach zusammenstaucht!«

»Von zulassen ist gar keine Rede!« sagte ich entrüstet.

»Na, dann hast du's eben aus Angst getan.«

»Und ich hab es auch nicht aus Angst getan«, betonte ich. »Sie ist so riesig geschickt mit ihren Springern.« Seaton starrte in die Kerze. »Springer«, sagte er stockend. »Bald wirst du was erleben, mehr kann ich dir nicht sagen.« Und wir gingen hinauf, um schlafen zu gehen.

Wie mir schien, war ich noch nicht lange im Bett gewesen, als ich vorsichtig durch eine leise Berührung an der Schulter geweckt wurde. Und vor mir sah ich Seatons Gesicht im Kerzenschein – und seine Augen suchten meinen Blick.

»Was ist los?« Ich hatte mich mit einem Ruck auf meinen Ellbogen aufgerichtet.

»*Pscht!* Rühr dich nicht, sonst hört sie's«, flüsterte er. »Tut mir leid, daß ich dich geweckt habe, aber ich habe nicht gedacht, daß du schon so früh schläfst.«

»Wieso? Wie spät ist es denn?« Seaton trug, was damals noch sehr ungewöhnlich war, einen Schlafanzug, und er angelte seine große silberne Uhr aus seiner Jackentasche heraus.

»Dreiviertel zwölf. Ich schlafe nie vor zwölf. Wenigstens hier nicht.«

»Was machst du denn so lange?«

»Ach, ich lese... und horche.«

»Du horchst?«

Seaton starrte in seine Kerzenflamme, als horche er auch jetzt noch. »Man weiß nicht genau, was es ist. Alles, was man in Gespenstergeschichten liest, ist reiner Humbug. Sehen kann man nicht viel, Withers, aber man weiß trotzdem Bescheid.«

»*Was* weiß man?«

»Was? Na, daß sie da sind.«

»*Wer* ist wo?« fragte ich ungeduldig mit einem flüchtigen Blick auf die Tür.

»Wo? Na, im Haus natürlich. Es wimmelt nur so von ihnen. Du brauchst dich bloß mal um Mitternacht ganz still hinter meine Schlafzimmertür zu stellen und hinzuhorchen. Ich hab's dutzende Male gemacht, sie sind überall.«

»Jetzt will ich dir mal was sagen, Seaton«, flüsterte ich ihm zu, »du hast mich gebeten hierherzukommen, und ich hatte auch nichts dagegen, mir einen freien Tag zu verpatzen, um dir den Gefallen zu tun und weil ich es versprochen hatte. Aber ich warne dich. Red nicht solchen Blödsinn zusammen, oder du kannst was erleben, wenn wir zurückkommen.«

»Du brauchst mir gar nicht so zu drohen«, sagte er und wandte sich ab. »Ich werde sowieso nicht mehr lange in dieser Schule sein. Aber, was viel wichtiger ist: du bist jetzt hier, und ich habe sonst niemanden, mit dem ich reden kann. Was nachher kommt, ist mir gleich.«

»Hör zu, Seaton«, entgegnete ich, »du hast vielleicht geglaubt, du könntest mir mit deinem vielen Geschwätz über Stimmen und solchen Quatsch Angst einjagen. Dagegen könntest du mir einen

Gefallen tun: mach, daß du rauskommst! Und *du* kannst von mir aus die ganze Nacht hier rumgeistern.«

Er gab keine Antwort. Er stand vor dem Toilettentisch und sah über seine Kerze hinweg in den Spiegel. Dann drehte er sich um, und sein starrer Blick glitt langsam rings herum an den Wänden entlang.

»Selbst dieses Zimmer ist nichts anderes als ein Sarg. Sie hat doch bestimmt zu dir gesagt: ›Hier ist alles so geblieben, seit mein Bruder William starb‹ – auf *sie* kann man sich verlassen! Und ein Glück für ihn, sage ich dir. Sieh dir mal *das* hier an.« Er hob die Kerze dicht an das kleine Aquarell heran, von dem ich vorhin schon einmal gesprochen habe. »In diesem Haus gibt es Hunderte von solchen Augen; und selbst wenn Gott dich tatsächlich sehen könnte, scheint er aber verflucht aufzupassen, daß du *Ihn* nicht siehst. Und mit ihnen ist es ganz genauso. Weißt du was, Withers? Mich kotzt das alles an. Lange halt' ich das nicht mehr aus.«

Im Hause und draußen herrschte tiefe Stille, und trotz dem gelblichen Schein der Kerze sah man den blassen Silberschimmer, der durch das offene Fenster auf das Rouleau fiel. Hellwach schlug ich die Bettdecke zurück und blieb unentschlossen auf der Bettkante sitzen.

»Ich weiß, du hältst mich nur zum Narren«,

sagte ich verärgert, »aber warum sollte das Haus voll von – von dem sein, was du sagst? Warum hörst du – was du da hörst? Erzähl mir das mal, du blöder Kerl, du!«

Seaton setzte sich auf einen Stuhl, setzte den Kerzenleuchter auf sein Knie und blinzelte mich ruhig an. »*Sie* bringt sie mit«, sagte er mit hochgezogenen Augenbrauen.

»Wer? Deine Tante?«

Er nickte.

»Wie denn?«

»Ich habe dir doch schon gesagt, sie ist im Bunde«, erwiderte er ungeduldig. »Du hast ja keine Ahnung. Sie hat meine Mutter so gut wie umgebracht, das weiß ich. Aber sie hat es längst nicht allein getan. Sie saugt dich vollkommen aus, ich weiß Bescheid. Und mit mir wird sie es genauso machen, weil ich so bin wie sie – wie meine Mutter, meine ich. Es ist ihr verhaßt, daß ich lebe. Ich möchte nicht um alles in der Welt sein wie diese alte Bestie. Und darum« – er hielt inne und schwenkte seinen Leuchter – »sind sie immer hier. Aber warte nur ab, mein Junge, wenn die mal tot ist! Dann wird sie was zu hören kriegen, das kann ich dir sagen. Jetzt ist noch alles ganz schön und gut, aber warte, was dann geschieht. Ich möchte nicht in ihrer Haut stecken, wenn sie abhauen muß – um keinen Preis. Mach bloß nicht den Fehler zu glauben, ich kümmerte mich um Geister, oder wie immer du sie sonst nennen willst. Wir sind alle in der gleichen Lage. Wir sind alle in ihrer Gewalt.«

Gerade als ich einen gelangweilten Blick zur Decke hinaufschickte, sah ich, wie sein Gesicht sich veränderte. Seine Augen sanken herunter, wie abgeschossene Vögel, und blieben an dem schmalen Spalt der Tür haften, die er nur angelehnt gelassen hatte. Sogar von meiner Bettkante aus konnte ich deutlich sehen, wie seine Wangen die Farbe wechselten und eine grünliche Tönung annahmen. Er kroch geräuschlos auf allen vieren wie ein Tier. Und ich, der ich kaum zu atmen wagte, saß da mit einer Gänsehaut und beobachtete ihn verdrossen. Seine Hände entkrampften sich, und er gab eine Art Seufzer von sich.

»*War* das einer?« flüsterte ich mit gespielter Lustigkeit. Er sah sich um, öffnete den Mund und nickte. »Was für einer?« fragte ich. Seiner heftigen Daumenbewegung und den bedeutungsvollen Blicken entnahm ich, daß er meinte, seine Tante sei dagewesen und habe an der Türspalte gelauscht.

»Hör mal zu, Seaton«, begann ich wieder, während ich umständlich aufstand, »du kannst mich ruhig für einen Riesentrottel halten, das ist mir egal. Aber deine Tante ist sehr nett zu mir gewesen und alles, und ich glaube einfach kein Wort von dem, was du da über sie erzählst, und habe es auch von Anfang an nicht geglaubt. Jeder Mensch ist nachts nicht ganz bei sich, und du hältst es vielleicht für einen großartigen Witz, mich mit deinem Blödsinn anzuöden. Noch kurz bevor ich einschlief, habe ich deine Tante die Treppe raufkommen hören, und ich mache jede Wette mit dir, daß sie jetzt in ihrem Bett ist. Außerdem können mir deine verdammten Geister gestohlen werden. Es ist nur dein schlechtes Gewissen, glaube ich.«

Seaton sah mich einen Moment lang bedeutungsvoll an, ohne etwas zu erwidern. »Ich bin kein Lügner, Withers, aber ich denke auch nicht daran, mich mit dir zu streiten. Du bist der einzige Bursche, für den ich noch was übrig habe; oder jedenfalls der einzige, der je hierhergekommen ist; und es ist allerhand, wenn man einem Kumpan erzählen kann, was man fühlt. Ich pfeife auf die Geister, und wenn es fünfzigtausend wären. Trotzdem schwöre ich hoch und heilig, daß ich weiß, daß sie da sind. Aber sie –«, er drehte sich nachdenklich um. »Du hast gesagt, du machst jede Wette mit mir, daß sie in ihrem Bett ist, Withers, aber ich weiß es besser. Sie ist nachts nie viel im Bett, und das werd' ich dir auch beweisen, nur um dir zu zeigen, daß ich nicht ganz so vertrottelt bin, wie du denkst. Komm mit!«

»Komm mit, wohin?«

»Das wirst du schon sehen.«

Ich zögerte. Er machte einen großen Schrank auf und nahm einen kleinen dunkelfarbigen Schlafrock heraus und eine Art Schal. Den Schal warf er aufs Bett, und den Schlafrock zog er an. Sein Gesicht war blutleer, und an der Art, wie er versuchte, in die Ärmel hineinzukommen, sah ich, daß er zitterte. Aber jetzt die weiße Fahne zu schwingen, ging nicht gut. Also warf ich den Schal mit den Troddeln über meine Schultern, und wir gingen zusammen hinaus in den Korridor, wo wir stehenblieben. Unsere Kerze hatten wir hell brennend auf dem Stuhl zurückgelassen.

»Also, los jetzt, horche!« flüsterte Seaton.

Wir lehnten uns über das Geländer. Es war, als ob man sich über einen tiefen Brunnen neigte, so still und kalt war die Luft um uns herum. Aber kurz darauf, wie es wahrscheinlich in den meisten alten Häusern der Fall ist, drang ein Gemisch von unendlich leisem Gewisper und Geräuschen an meine Ohren und hallte in ihnen wider. Jetzt krachte in der Ferne ein alter Balken, dessen Fasern sich dehnten, oder ein Geraschel verhallte hinter der kalten Holztäfelung.

Aber inmitten und hinter dieser Art von Geräuschen glaubte ich plötzlich so etwas wie fast lautlose Schritte wahrzunehmen, so geheimnisvolle Geräusche wie die verblassende Erinnerung an Stimmen in einem Traum. Seaton war unsichtbar, bis auf sein Gesicht, aus dem seine Augen verschwommen hervorglänzten und mich beobachteten.

»Na, hast du's jetzt auch gehört, mein Bürschchen?« murmelte er. »Komm weiter!«

Er stieg die Treppe hinunter und ließ seine dünnen Finger leicht auf dem Geländer entlanggleiten. An der Biegung wendete er sich nach rechts, und ich folgte ihm barfuß durch einen dick mit Teppichen ausgelegten Korridor, an dessen Ende sich eine Tür befand, die nur angelehnt war. Und von hier aus stiegen wir sehr vorsichtig und in völliger Dunkelheit fünf schmale Stufen hinauf. Seaton stieß mit ungeheurer Vorsicht langsam eine Tür auf, und wir standen nebeneinander und starrten in das trübe Dunkel, aus dem sich, vom schwachen Schein eines Nachtlichts erhellt, ein riesiges Bett abzeichnete. Auf dem Fußboden lag ein Haufen Kleider, daneben dösten ein Paar Pantoffeln, die Spitzen, mit einem halben Meter Zwischenraum, einander zugekehrt. Irgendwo tickte heiser eine kleine Uhr. Es roch dumpf nach einem Gemisch von Lavendel, Eau de Cologne, alten Riechkissen, Seife und Medikamenten. Doch es lag außerdem noch ein anderer merkwürdiger Geruch in der Luft.

Und das Bett! Vorsichtig schaute ich hinein. Es war ungeheuer aufgetürmt – aber es war leer.

Seaton kehrte mir sein kaum erkennbares, blasses Gesicht voller Schatten zu. »Was hab' ich dir gesagt?« flüsterte er. »Wer ist denn nun – wer ist denn nun der Dumme, frag ich dich? Antworte mir gefälligst! Ach, ich wünschte zu Gott, du wärst lieber doch nicht hierhergekommen, Withers.«

Er stand, hörbar schlotternd, in seinem dürftigen,

viel zu kleinen Schlafrock da und konnte vor Zähneklappern kaum noch sprechen. Und in der Stille, die seinem Geflüster folgte, hörte ich ganz deutlich ein fernes, schleppendes Rascheln, wie von vielen Rüschen, näherkommen. Seaton packte mich beim Arm und zog mich nach rechts quer durch das Zimmer zu einem großen Wandschrank und zog die Tür, bis auf einen kleinen Spalt, hinter uns zu. Und kaum spähte ich mit berstenden Lungen in das lange, niedrige, von Vorhängen verhüllte Schlafzimmer, als auch schon dieser erstaunlich große Kopf und Körper hereingewatschelt kamen. Ich sehe sie noch deutlich vor mir, von Schatten begleitet, Schatten im Gesicht, ihr aufgestecktes Haar (für eine so alte Frau muß sie noch ungeheuer viel gehabt haben), ihre glanzlosen, trägen, durchdringenden Augen, mit den schweren Lidern darüber. In dem schummrigen Dunkel ging sie genau in meinem Blickfeld an mir vorbei, aber bis zum Bett konnte ich nicht sehen.

Wir warteten endlos und horchten auf das erstickte Ticken der Uhr. Nicht das geringste Geräusch ließ sich vom Bett her vernehmen. Entweder lag sie wach und hielt uns zum besten, oder sie schlief einen Schlaf, noch unschuldiger als der eines Kindes. Und nachdem wir nun schon, wie es uns schien, stundenlang in unserm Versteck ausgeharrt hatten und schon ganz verkrampft, kalt und halb erstickt waren, krochen wir mit vor Angst gegen die Rippen hämmernden Herzen auf allen vieren hinaus, die fünf schmalen Stufen hinunter und zurück in das kleine, von der Kerze erleuchtete, blaugoldene Schlafzimmer.

Kaum waren wir dort, brach Seaton zusammen. Er sank aschgrau und mit geschlossenen Augen auf einen Stuhl.

»Du«, sagte ich zu ihm und rüttelte seinen Arm, »ich gehe jetzt schlafen. Ich habe die Nase voll von diesen Albernheiten, ich gehe zu Bett.« Seine Lippen zuckten, aber er brachte keine Antwort heraus. Ich goß etwas Wasser in meine Waschschüssel, und unter dem kalten, starr auf uns gerichteten azurblauen Aquarellauge bespritzte ich Seatons fahles Gesicht und netzte ihm Stirn und Haare. Gleich darauf seufzte er und öffnete die Augen mit einem fischähnlichen Blick.

»Komm, komm! mach jetzt kein Theater«, redete ich ihm gut zu. »So ist's recht. Das ist ein guter Junge. Komm auf meinen Rücken, wenn du willst, und ich trage dich ins Bett.«

Er winkte ab und stand auf. Also nahm ich die Kerze in eine Hand, faßte ihn unter und führte ihn in die von ihm bezeichnete Richtung den Korridor entlang. Sein Zimmer war viel düsterer als meins und mit einem Wust von Kartons, Papier, Vogelbauern und Kleidern angefüllt. Ich brachte ihn zu Bett, deckte ihn zu und wandte mich zum Gehen. Und plötzlich, ich kann mir noch jetzt kaum erklären, warum, überkam mich etwas wie ein kaltes, tödliches Grauen. Den Blick starr geradeaus gerichtet, stürzte ich fast aus dem Zimmer, blies die Kerze aus und barg meinen Kopf unter der Bettdecke.

Als ich aufwachte, aber nicht durch einen Gong, sondern durch ein hartnäckiges Klopfen an der Tür geweckt, fielen schon die Sonnenstrahlen unter der Vorhangstange hindurch auf den Bettpfosten, und im Garten sangen die Vögel. Ich schämte mich des nächtlichen Unfugs, sprang aus dem Bett, zog mich schnell an und lief die Treppe hinunter. Im Frühstückszimmer duftete es süß nach Blumen, Früchten und Honig. Seatons Tante stand im Garten vor der offenen Flügeltür und fütterte einen ganzen Schwarm flatternder Vögel. Unbemerkt konnte ich sie einen Moment lang beobachten. Ihr Gesicht unter dem großen, weichen Sonnenhut war in tiefe Träumerei versunken. Es war von tiefen Falten durchzogen, schief und in einer Art, die ich nicht erklären kann, ausdruckslos und fremd. Ich hüstelte höflich, und sie drehte sich mit einem erstaunlich breiten, grimassenhaften Lächeln um und fragte, wie ich geschlafen hätte. Und auf diese geheimnisvolle Art, in der wir manchmal, ohne daß eine Silbe gesprochen wird, gegenseitig unsere geheimsten Gedanken erraten, wußte ich, daß sie jedes Wort und jede Bewegung der vergangenen Nacht genau verfolgt hatte, über meine gespielte Harmlosigkeit frohlockte und sich über mein freundliches und viel zu gezwungenes Benehmen lustig machte.

Seaton und ich kehrten reich beladen in die Schule zurück. Diesmal fuhren wir den ganzen Weg mit der Bahn. Ich kam mit keinem Wort auf das obskure Gespräch zurück, das wir gehabt hatten, und weigerte mich standhaft, seinem Blick zu begegnen oder auf die Andeutungen einzugehen, die er fallen ließ. Ich war froh – andererseits tat es mir wiederum leid – wieder zurück zu sein, und schritt vom Bahnhof mit Riesenschritten dahin. Seaton trottete dicht hinter mir her. Aber er bestand darauf, noch mehr Obst und Süßigkeiten zu kaufen – von welchen ich meinen Teil nur mit großem Widerstreben entgegennahm. Es berührte mich peinlich, fast wie eine Bestechung. Und dabei hatte ich mit seiner komischen alten Tante nicht einmal Streit gehabt und nicht einmal die Hälfte von dem Humbug geglaubt, den er mir erzählt hatte.

Danach sah ich ihn so wenig wie möglich. Er kam nie wieder auf unsern Besuch zu sprechen und machte mir auch keine Geständnisse mehr, obgleich es während des Unterrichts vorkommen konnte, daß ich seinen Blick auffing, der in stummem Einvernehmen auf mich gerichtet war und den scheinbar nicht zu verstehen mir nicht ganz leicht fiel. Obschon ich nie etwas Nachteiliges über ihn gehört hatte, ging er, wie er mir gegenüber erwähnt hatte, ziemlich plötzlich von Gummidge ab. Und ich habe dann auch nichts mehr von ihm gehört und ihn auch nicht wiedergesehen, bis wir uns eines Sommernachmittags zufällig in London auf der *Strand* begegneten.

Er war ganz sonderbar gekleidet und trug einen Mantel, der ihm viel zu groß war, und eine grelle, glänzende Krawatte. Aber wir erkannten uns sofort wieder, als wir unter der Markise eines billigen Juweliergeschäftes aufeinanderstießen. Er hängte sich gleich bei mir ein und schleppte mich, trotz meiner nicht zu großen Begeisterung, zum Lunch in ein italienisches Restaurant in der Nähe. Er schwatzte über unsere alte Schule, an die er nur mit Widerwillen zurückdachte, erzählte mir ungerührt von dem grauenvollen Ende, das ein oder zwei der älteren Schulkameraden genommen hatten, die unter seinen Hauptpeinigern gewesen waren, bestand auf einem teuren Wein und allen Gängen des italienischen Menus und berichtete mir schließlich mit allen möglichen, ziemlich ausführlichen Einzelheiten, daß er nach London gekommen sei, um einen Verlobungsring zu kaufen.

Und natürlich erkundigte ich mich dann schließlich auch: »Wie geht's übrigens deiner Tante?«

Er schien diese Frage erwartet zu haben. Sie wirkte wie ein Stein, der in einen tiefen Brunnen fällt, so viele Gemütsregungen huschten über sein langes, dunkles, unenglisches Gesicht.

»Sie ist mächtig gealtert«, sagte er leise und hielt inne. »Übrigens hat sie sich sehr anständig benommen«, fuhr er kurz darauf fort, um dann wieder eine Pause eintreten zu lassen. »In gewisser Weise.« Er streifte mich mit einem Blick. »Du hast vielleicht gehört, daß sie – das heißt, daß wir – ziemlich viel Geld verloren haben.«

»Nein«, entgegnete ich.

»Leider ist es so!« sagte Seaton und hielt von neuem inne.

Und irgendwie, armer Kerl, merkte ich im Geklirr der Gläser und dem Stimmengewirr, daß er mich belogen hatte, daß er nicht einen Penny mehr besaß oder je besessen hatte als sein überreichliches Taschengeld, mit dem seine Tante ihm gegenüber so verschwenderisch gewesen war.

»Und die Geister?« erkundigte ich mich spaßeshalber.

Er wurde augenblicklich ernst und – aber das schien mir vielleicht nur so – erbleichte. »Du machst dich über mich lustig, Withers«, war alles, was er darauf sagte.

Er fragte nach meiner Adresse, und ich gab ihm meine Karte nur sehr zögernd.

»Hör zu, Withers«, sagte er, als wir zusammen in der Sonne am Straßenrand standen und uns verabschiedeten, »das ist meine Lage, und – und es ist auch alles recht gut so. Ich bin wahrscheinlich nicht mehr ganz so phantastisch, wie ich es einmal war. Aber du bist praktisch der einzige Freund, den ich auf dieser Welt habe – mit Ausnahme von Alice... Und deshalb – ich bin nämlich, offen gestanden, nicht so sicher, ob meine Tante sehr begeistert davon ist, daß ich heiraten will. Sie spricht natürlich nicht darüber. Aber du kennst sie ja gut genug, um das beurteilen zu können.« Er blickte zur Seite auf den wüsten, ratternden Verkehr.

»Was ich sagen wollte, ist folgendes: hättest du etwas dagegen, zu uns herunter zu kommen? Du brauchst nicht über Nacht zu bleiben, wenn du nicht willst, obwohl du natürlich herzlich dazu eingeladen bist, das weißt du. Ich möchte nämlich gern, daß du meine – daß du Alice kennenlernst. Und bei dieser Gelegenheit könntest du mir dann eventuell auch gleich deine ehrliche Meinung über – über das andere sagen.«

Ich machte lahme Einwendungen, er drängte mich, und schließlich trennten wir uns mit einem halben Versprechen, daß ich kommen würde. Er winkte mir mit dem runden Knauf seines Spazierstocks zu und rannte in seinem langen Mantel davon, einem Bus nach.

Bald danach kam ein Brief in seiner kleinen, kraftlosen Handschrift, in dem er mir ganz genaue Angaben über die verschiedenen Verbindungen und Züge machte. Und ohne die geringste Neugier, vielleicht sogar mit einer gewissen Verstimmtheit, daß uns der Zufall wieder zusammengeführt hatte, nahm ich seine Einladung an und langte an einem dunstigen Mittag auf der abgelegenen Bahnstation an, wo ich ihn auf einem niedrigen Sitz, unter einem Busch gefüllter Stockrosen auf mich wartend, vorfand.

Er sah sinnend und eigentümlich apathisch drein, freute sich aber offensichlich doch, mich zu sehen.

Wir spazierten die Dorfstraße hinauf, vorbei an der kleinen düsteren Drogerie und der leeren Schmiede, und gingen, wie bei meinem ersten Besuch, zusammen um das Haus herum, statt den vorderen Eingang zu benutzen, und schlugen den grünen Pfad zum rückwärtigen Garten ein. Ein milchigweißer Dunst verdeckte die Sonne. Über dem Garten, seinen alten Bäumen und den mattglänzenden Mauern mit den Löwenmaulstauden davor, lag ein grauer Schimmer. Aber wo vorher alles gepflegt und geplant gewesen war, machte sich jetzt eine deutliche Verwilderung bemerkbar. Auf einem Fleck nur oberflächlich umgegrabener Erde lehnte ein ausgedienter Spaten gegen einen Baum. Daneben stand ein alter klappriger Schubkarren. Die Rosen waren voll wilder Triebe und die Obstbäume unbeschnitten. Die Göttin der Verwahrlosung hatte diesen Garten zu ihrem geheimen Tummelplatz erkoren.

»Ein großer Gärtner bist du nicht gerade, Seaton«, sagte ich endlich mit einem befreienden Seufzer.

»Du, ich glaube fast, so gefällt er mir am besten«, antwortete Seaton. »Wir haben jetzt natürlich keinen Mann mehr. Können wir uns nicht mehr leisten.« Er blieb stehen und stierte auf das kleine Rechteck frisch umgegrabener Erde. »Außerdem kommt es mir immer so vor«, fuhr er grübelnd fort, »als wären wir im Grunde doch nur Schädlinge auf dieser Erde, die alles verunstalten und versauen, was ihnen in den Weg kommt. Es mag wie eine empörende Blasphemie klingen, wenn man so spricht. Immerhin ist es hier noch nicht ganz so schlimm, weißt du. Wir sind weiter weg.«

»Offen gestanden weiß ich das nicht, Seaton«, sagte ich. »Oder ist das etwa eine neue Philosophie? – Dann ist sie jedenfalls scheußlich barbarisch.«

»So denke ich eben«, antwortete er mit demselben merkwürdig störrischen Gleichmut, den ich noch von früher an ihm kannte. »Und wie man denkt, so *ist* man.«

Wir spazierten zusammen weiter und sprachen kaum, und auf Seatons Gesicht lag noch immer der Ausdruck peinlicher Gespanntheit. Als wir stehenblieben und müßig über die grünen Wiesen und die dunklen bewegungslosen Binsen in die Ferne schauten, zog Seaton seine Uhr heraus.

»Es muß inzwischen Zeit zum Lunch sein, scheint mir«, sagte er. »Woll'n wir schon hineingehn?«

Wir machten kehrt und wanderten langsam auf

das Haus zu, und ich muß gestehen, daß jetzt auch *meine* Augen rastlos alle Fenster nach seiner beunruhigenden Insassin absuchten. Überall zeigten sich die traurigen Spuren von Schmuddligkeit, Mangel an Mitteln und Pflege, Rost und Verwilderung und verwitterter Anstrich. Ich war ganz froh, daß Seatons Tante nicht mit uns aß. Und so schnitt er den kalten Braten auf und reichte einer älteren Hausangestellten einen vollgehäuften Teller, der für seine Tante bestimmt war. Wir sprachen wenig und nur mit halblauter Stimme und tranken etwas Madeira, den Seaton, nachdem er ein paarmal vorsichtig gelauscht hatte, aus dem großen Mahagoni-Büffet nahm.

Ich lieferte ihm eine langweilige und uninteressante Schachpartie und gähnte zwischen den einzelnen Zügen, die er fast ohne zu überlegen machte, weil er mit seinen Gedanken ganz woanders war. Gegen fünf Uhr hörte ich ein leises Klingeln. Seaton sprang auf und riß dabei das Schachbrett herunter, und so endete eine Partie, die sonst unweigerlich bis zum heutigen Tage gedauert hätte. Er entschuldigte sich in übertriebener Weise und kam nach einer Weile mit einem schlanken, dunkelhaarigen, blassen Mädchen in weißem Kleid und Hut zurück. Die junge Dame war ungefähr neunzehn Jahre alt, und Seaton stellte mich ihr mit einer leichten Nervosität als ›lieben alten Freund und Schulkameraden‹ vor.

Wir saßen im goldenen Nachmittagslicht und unterhielten uns, und zwar noch immer, wie mir schien, und trotz unseres Bemühens, lebhaft und vergnügt zu sein, mit halblauter, tonloser Stimme. Alle schienen, falls es nicht nur meine Einbildung war, in Erwartung zu sein und fast ängstlich dem Eintreffen und Erscheinen einer gewissen Person entgegenzusehen, deren Bild unser kollektives Bewußtsein beschäftigte. Seaton sprach am wenigsten von uns dreien. Er machte nur nervöse Zwischenrufe und setzte sich alle Augenblicke auf einen andern Stuhl. Schließlich schlug er einen Spaziergang im Garten vor, ehe die Sonne ganz untergegangen war.

Alice ging zwischen uns. Ihr Haar und ihre Augen wirkten besonders gegen das Weiß ihres Kleides auffallend dunkel. Sie war nicht ohne Grazie, obgleich sie sonderbarerweise ihre Arme und ihren Körper kaum bewegte und uns beiden antwortete, ohne den Kopf zu drehen. Eine merkwürdig herausfordernde Zurückhaltung lag in diesem leidenschaftslosen, melancholischen Gesicht. Es schien einer tragischen Einwirkung ausgesetzt, deren sie sich selbst anscheinend gar nicht bewußt war.

Und doch wußte ich – und ich glaube, wir wußten es alle drei –, daß dieser Spaziergang, die ganze Unterhaltung über die Zukunftspläne der beiden eine Sinnlosigkeit war. Ich hatte keinerlei

Anhaltspunkte für meine Skepsis, außer einem ganz unbestimmten Gefühl der Beklemmung und dem ahnungsvollen Bewußtsein, daß eine schleichende, unsichtbare Macht im Hintergrund waltete, für die Zukunftspläne, Verliebtheit und Jugend nur fauler Zauber sind. Wir kamen schweigend, im letzten Tageslicht zurück. Seatons Tante saß unter einer alten Messinglampe. Ihr Haar war genauso barbarisch aufgetürmt und gelockt wie früher. Ihre Augenlider hingen, glaube ich, jetzt im Alter noch ein bißchen schwerer über ihre starren, unergründlichen Pupillen herunter. Leise kamen wir nacheinander von draußen herein, und ich machte meine Verbeugung.

»In dieser kurzen Zwischenzeit, Mr.Withers«, bemerkte sie liebenswürdig, »haben Sie die Jugend abgeschüttelt und sind ein Mann geworden. Mein Gott, wie traurig, wenn man sehen muß, wie die Tage der Jugend dahinschwinden! Mein Neffe hat mir erzählt, daß er Sie ganz zufällig getroffen habe – oder sollen wir es lieber Schicksal nennen? – und noch dazu in meiner geliebten *Strand!* Sie sollen ja, wie ich höre, Trauzeuge sein – ja, Trauzeuge! Oder plaudere ich am Ende hier Geheimnisse aus?« Sie beobachtete Arthur und Alice mit überwältigender Huld. Sie saßen getrennt voneinander auf zwei niedrigen Stühlen und lächelten ihrerseits.

»Und was sagen Sie zu unserem Arthur? – Wie, finden Sie, sieht er aus?«

»Ich finde, er sieht ganz so aus, als brauche er dringend eine Veränderung«, antwortete ich.

»Eine Veränderung! Nein, wirklich?« Sie sah mich unter fast ganz geschlossenen Lidern hervor an und schüttelte mit übertriebener Sentimentalität den Kopf. »Mein lieber Mr. Withers! Haben wir denn in dieser, ach, so vergänglichen Welt nicht *alle* eine Veränderung nötig?« Sie kostete diese Bemerkung aus wie ein Connaisseur. »Und Sie, Alice, haben doch hoffentlich Mr. Withers meine vielen hübschen Geschenke gezeigt?« wandte sie sich ganz unverhofft an Alice.

»Wir sind nur im Garten spazierengegangen«, erwiderte das Mädchen. Dann sah es Seaton flüchtig an und fügte fast unhörbar hinzu: »Es ist so ein wunderschöner Abend.«

»*Ist* es?« sagte die alte Dame und sprang unbeherrscht auf. »Dann werden wir mal an diesem schönen Abend Abendbrot essen gehen. Mr. Withers, Ihren Arm, bitte. Arthur, bring deine Braut.«

›Wir sind schon ein eigenartiges Quartett‹, dachte ich bei mir, als ich feierlich in das ausgeblichne kalte Eßzimmer voranschritt, am Arm diese unbeschreibliche Alte mit dem breiten, flachen Armband um ihr aus gelben Spitzen hervorschauendes Handgelenk, die sich hingebungsvoll auf mich stützte. Sie pustete ein bißchen und atmete schwer, aber so, als sei es eher auf eine psychische als auf eine physische Anstrengung zurückzuführen. Denn sie war im ganzen etwas rundlicher, aber kaum proportionierter geworden. Und in dieses große bleiche Gesicht hineinzureden, das sich in dem halbdunklen Korridor so dicht neben meinem hielt, war ein gespenstisches Erlebnis, selbst noch beim flackernden Kerzenschein. Sie war naiv – schauerlich naiv, sie war verschlagen und herausfordernd, sie war sogar schelmisch, und das alles auf diesem kurzen, von ziemlichem Schnaufen begleiteten Gang vom einen Zimmer ins andere, und gefolgt von diesen beiden völlig verstummten Kindern. Es war ein ungeheures Mahl. Nie habe ich einen so riesigen Salat gesehen. Sonst waren die Speisen fett, zu sehr gewürzt und lieblos zubereitet. Nur eins hatte sich nicht geändert: der Appetit meiner Gastgeberin war genauso gargantuesk wie früher. Der schwere Silberkandelaber, der uns leuchtete, stand vor ihrem hochlehnigen Stuhl. Seaton saß etwas weiter weg. Sein Teller stand fast im Dunkeln.

Und während dieses ganzen gewaltigen Essens redete seine Tante unausgesetzt. Sie sprach hauptsächlich mit mir und hauptsächlich gegen ihn, nur mit einem gelegentlichen witzig-satirischen Ausfall zu Alice hinüber, und traktierte das Dienstmädchen mit einem Feuerwerk von Anschnauzern. Sie war gealtert, schien jedoch, auch wenn es sich noch so komisch anhören mag, nicht älter geworden. Ich nehme an, für die Pyramiden sind zehn Jahre auch nicht mehr als das Versickern einer Handvoll Sand. Irgendwie erinnerte sie mich an so ein unverwüstliches prähistorisches Überbleibsel. Sie war zweifelsohne eine erstaunliche Erzählerin, spritzig, unverschämt und von einer Darstellungskraft, die geradezu überwältigend war. Aber um auf Seaton zurückzukommen – ihre plötzlichen Anfälle von Schweigen waren auf ihn gemünzt. Dann verstummte ihr ungeheurer Redeschwall plötzlich, und in diesem Schweigen äußerte sich ein beißender Sarkasmus. Sie saß nur da und wiegte leise ihren großen Kopf, den starren Blick mit einem träumerischen Lächeln in die Ferne gerichtet. Dabei merkte man deutlich, wie ihre ganze Aufmerksamkeit darauf konzentriert war, sich heimlich und genießerisch an seiner stummen Qual zu weiden.

Sie machte uns mit ihren Ansichten über ein Thema vertraut, das im Augenblick unser aller Gedanken beschäftigte. »Wir haben doch barbarische Einrichtungen. Und daher sind wir, meiner Meinung nach, verurteilt, uns mit einer niemals endenden Kette von Schwachsinnigen abzufinden – von Schwachsinnigen *ad infinitum*. Paarung, Mr. Withers, hatte ihren Ursprung in der Abgeschiedenheit eines Gartens – *sub rosa*, sozusagen, das heißt, ganz im geheimen. Unsere Zivilisation aber paradiert am hellichten Tage damit. Die Dummen heiraten die Armen, die Reichen die Unfähigen. Und so kommt es, daß unser Neues Jerusalem von einem Ende bis zum andern von Idioten, Einfaltspinseln und Farbigen bevölkert wird. Ich hasse Dummheit. Aber noch mehr hasse ich – wenn ich offen sein soll, lieber Arthur – bloße Gescheitheit. Die Menschheit ist zu einem heillosen Schwarm instinktloser Tiere herabgesunken. Wir hätten uns nie auf unsere Entwicklung verlegen sollen, Mr. Withers. ›Natürliche Wahl!‹ – kleine Götter und Fische! – die Tauben mit den Stummen. Wir hätten unsern Verstand gebrauchen sollen – geistige Überheblichkeit nennen es die von der Kirche. Und mit Verstand meine ich – na, was meine ich wohl, Alice? – meine ich, liebes Kind«, und sie legte zwei dicke Finger auf Alices schlanken Arm, »meine ich Mut. Denk mal darüber nach, Arthur. Wie ich gelesen habe, soll die wissenschaftliche Welt schon wieder anfangen, sich vor den spirituellen Kräften zu fürchten. Spirituelle Kräfte, die klopfen und tatsächlich schweben, Gott bewahre uns! – Ich denke, ich nehme doch noch eine von diesen Maulbeeren, nur eine einzige noch – danke.

Da spricht man von ›blinder Liebe‹«, rabbelte sie höhnisch weiter, während sie sich bediente und ihr Blick gierig über die Platte herfiel, »aber warum blind? Wahrscheinlich vom Weinen über ihre Knochenschwäche, Mr. Withers, glauben Sie nicht auch? Letzten Endes sind wir es doch, wir häßlichen Frauen, die den Sieg davontragen, ist es nicht so? – den Sieg über das lächerliche Wechselspiel der

Zeit! Merk dir das, Alice! Flüchtig, ach, so flüchtig ist die Jugend, mein Kind. Was vertraust du denn da deinem Teller an, Arthur? Du zynischer Bengel. Lacht seine alte Tante aus – doch, doch, du *hast* gelacht. Er verabscheut jede Art von Gefühl und flüstert die bissigsten Bemerkungen vor sich hin. Komm, mein Herz, wir lassen diese Zyniker unter sich. Wir gehen woanders hin und klagen uns gegenseitig unser Leid, daß wir Frauen sind. Die Wahl zwischen zwei Übeln, Mr. Smithers!« Ich hielt die Tür für sie auf, und sie fegte hinaus, wie von einem Strom geheimnisvoller Empörung hinweggeschwemmt; und Arthur und ich blieben im hellen vierflammigen Kerzenschein allein zurück.

Eine ganze Weile saßen wir schweigend da. Er schüttelte ablehnend den Kopf, als ich ihm mein Zigarettenetui hinhielt, und ich zündete mir eine Zigarette an. Er rutschte indessen nervös auf seinem Stuhl hin und her und streckte seinen Kopf vor, ins Licht. So verharrte er einen Augenblick, nur um dann aufzustehen und die bereits geschlossene Tür nochmals zuzumachen.

»Wie lange bleibst du?« fragte er mich.

Ich lachte.

»Ach, das hat doch damit nichts zu tun!« sagte er leicht verlegen. »Natürlich bin ich gern mit Alice zusammen, aber das ist es nicht, Withers. Der wahre Grund ist, daß ich sie nicht gerne zu lange mit meiner Tante allein lasse.«

Ich zögerte. Er sah mich fragend an.

»Darf ich dir mal etwas sagen, Seaton?« begann ich. »Du kennst mich gut genug, um zu wissen, daß ich mich nicht gern in deine Angelegenheiten mische oder Ratschläge gebe, wo sie unerwünscht sind. Aber glaubst du nicht doch, daß du deine Tante vielleicht nicht ganz richtig behandelst? Wenn Menschen älter werden, weißt du, muß man etwas toleranter mit ihnen sein. Ich habe selber eine alte Patentante oder sowas Ähnliches, die hat auch die komischsten Mucken... Ein bißchen Nachsicht kann nie schaden. Aber hol's der Teufel, ich bin doch kein Prediger!«

Er setzte sich hin, die Hände in den Hosentaschen, seine Augen waren noch immer fast ungläubig auf mich gerichtet. »Wie?« fragte er.

»Nun, mein Lieber, soweit *ich* das beurteilen kann – wohlgemerkt, ich sage nicht, daß ich es kann –, aber ich werde den Gedanken nicht los, daß sie glaubt, du könntest sie nicht leiden, und dein Schweigen vielleicht für – für Aggressivität hält. Schließlich war sie doch sehr anständig zu dir, nicht wahr?«

»*Anständig?* – Mein Gott!« stöhnte Seaton.

Ich rauchte schweigend weiter, aber er hörte nicht auf, mich mit dieser sonderbaren Eindringlichkeit anzusehen, die ich noch von früher her an ihm kannte.

»Ich weiß nicht, Withers«, begann er dann, »aber

ich glaube, du verstehst das nicht ganz. Vielleicht bist du nicht ganz unser Schlag. Du hast mich früher in der Schule auch immer gehänselt. Als du damals über Nacht hier geblieben bist, hast du mich ausgelacht – wegen der Stimmen und so weiter. Aber es stört mich nicht, ausgelacht zu werden – weil ich weiß.«

»*Was* weiß?« es war dieselbe alte Leier von blöder Frage und ausweichender Antwort.

»Ich meine, ich weiß, daß das, was wir sehen und hören, nur der kleinste Teil von dem ist, was existiert. Ich weiß, daß sie von dem lebt. Sie *redet* mit dir, aber das ist nur eine Fassade. Alles ist nur ein ›Gesellschaftsspiel‹. In Wirklichkeit ist sie gar nicht bei dir; sie läßt nur ihren oberflächlichen Verstand mit deinem wetteifern und freut sich über die Täuschung. Inzwischen zehrt sie im Innern weiter an dem, ohne das man nicht leben kann. Im Grunde ist das – reiner Kannibalismus. Sie ist eine Spinne. Es spielt keine Rolle, wie du es nennst. Es kommt genau auf das heraus. Glaube mir, Withers, sie haßt mich, und du kannst dir in deinen kühnsten Träumen nicht ausmalen, wie tief dieser Haß geht. Ich habe immer geglaubt, ich hätte eine leise Ahnung, was die Ursache ist. Aber die Sache geht unendlich viel tiefer. Hier handelt sich's ganz einfach darum: sie – oder ich. Warum? – Mein Gott, wieviel wissen wir denn im Grunde schon tatsächlich von den Dingen? Wir kennen ja nicht mal unsere eigene Entstehungsgeschichte und nicht ein Zehntel, nicht ein Zehntel der Ursachen. Was war schon das Leben für mich? – nichts als eine Falle. Und wenn man sich nun wirklich für eine Weile davon frei macht – das Spiel fängt nur immer wieder von vorne an. Ich habe geglaubt, du könntest mich verstehen. Aber du lebst in einer andern Schicht – da kann man nichts machen. Schade.«

»Sag mal, wovon *redest* du da eigentlich?« fragte ich ihn ziemlich von oben herab, ohne es zu wollen.

»Ich meine genau das, was ich gesagt habe«, erwiderte er mit erstickter Stimme. »Dieses ganze äußere Getue ist nur Tarnung – aber lassen wir das! Was hat's für einen Sinn zu reden? Ich bin schon so gut wie erledigt, was das angeht. Du wirst es sehen.«

Seaton pustete drei der Kerzen aus, und wir ließen den leeren Raum im Halbdunkel zurück. Wir tasteten uns den Korridor entlang zum Salon, wo der Vollmond durch die hohen Gartenfenster hereinschien. Alice saß vorgebeugt bei der Tür und schaute hinaus. Ihre Hände lagen gefaltet im Schoß – sie war allein.

»Wo ist sie?« fragte Seaton ganz leise.

Sie blickte zu ihm auf, und ihre Augen trafen sich in einer blitzartigen Erkenntnis. Im selben Augenblick öffnete sich auch schon die Tür hinter uns.

»Nein, *so* ein Mond!« sagte eine Stimme, die

einem, wenn man sie einmal gehört hatte, unvergeßlich im Ohr haften blieb. »Eine Nacht für Verliebte, Mr. Withers, wie für sie geschaffen. Hole einen Schal, Arthur, und mach mit Alice einen kleinen Spaziergang. Wir beiden alten Kumpane werden es schon fertigbringen, noch ein Weilchen wachzubleiben. Beeil dich – beeil dich, Romeo! Meine arme, arme Alice––– *was* für ein schwerfälliger Liebhaber!«

Seaton kam mit einem Schal zurück. Wie benommen liefen sie in den Mondschein hinaus. Meine Begleiterin blickte ihnen nach, bis sie außer Hörweite waren. Dann drehte sie sich ernst zu mir um, und plötzlich verzog sie ihr weißes Gesicht zu einer Grimasse von soviel Verachtung und Spott, daß es mir die Rede verschlug und ich sie nur fassungslos ansehen konnte.

»Die lieben unschuldigen Kinderchen!« flötete sie in einem unnachahmlich salbungsvollen Tonfall. »Ja, ja, Mr. Withers, wir armen, alten, abgebrühten Geschöpfe müssen uns eben den Verhältnissen anpassen. Singen Sie?«

Ich wies die Idee verächtlich von mir.

»Dann müssen Sie eben zuhören, wenn ich spiele. Schach« – ihre beiden verkrampften Hände schlossen sich um ihre Stirn – »Schach kommt jetzt für meinen armen Kopf überhaupt nicht mehr in Frage.«

Sie setzte sich an den Flügel und ließ ihre Finger präludierend über die Tasten gleiten. »Was soll ich spielen? Womit sollen wir sie gefangennehmen, diese leidenschaftlichen Herzen? Dieses erste zarte, hemmungslose Entzücken? Eine Poesie für sich.« Sie warf einen schmachtenden Blick in den Garten hinaus, dann gab sie sich einen Ruck und begann mit den Eröffnungstakten zu Beethovens ›Mondscheinsonate‹. Der Flügel war alt und heiser. Sie spielte ohne Noten. Das Lampenlicht war ziemlich matt, und der Mondschein fiel durchs Fenster direkt auf die Tasten. Ihr Kopf war im Schatten. Und ob es nun einfach an der Art ihrer Persönlichkeit lag oder an einer wirklich magischen Vollendung ihres Spiels, kann ich nicht sagen. Ich weiß nur, daß sie allen Ernstes und mit voller Absicht darauf aus war, diese schöne Musik ins Lächerliche zu ziehen. Geschändet, mit Spott und Bitterkeit geladen, erfüllte sie das Zimmer. Ich stand am Fenster. Weit hinten auf dem Pfad sah ich die weiße Gestalt in der milchigen Lichtfülle schimmern. Ein paar blasse Sterne standen am Himmel, und noch immer entriß diese erstaunliche Frau hinter mir den widerstrebenden Tasten ihre prachtvolle Satire auf Jugend, Schönheit und Liebe. Das Stück war zu Ende. Ich wußte, daß sie mich beobachtete. »Bitte, bitte spielen Sie weiter!« murmelte ich, ohne mich umzudrehen. »*Bitte* spielen Sie weiter, Miss Seaton.«

Auf diesen honigsüßen Sarkasmus erfolgte keine Antwort, aber ich merkte ganz genau, daß ich scharf beobachtet wurde, als sie plötzlich eine Reihe ruhiger, klagender Akkorde anschlug, die schließlich weich in einen Choral ›Nur ein paar Jahre noch‹ übergingen.

Ich muß gestehen, ich war wie gebannt. Die Melodie hatte ein sehnsüchtiges, drängendes, eindringliches Pathos, aber unter diesen alten Meisterhänden klagte sie leise und bitterlich über die Einsamkeit und trostlose Entfremdung der Welt. Arthur und Alice hatte ich vollkommen vergessen. Nur ein Mensch, der die Bedeutung dieses Choraltextes am eigenen Leibe erfahren hatte, konnte in einen so abgedroschenen, alten Choral soviel Gefühl legen. Und die Bedeutung seiner Worte ist sowieso nie abgedroschen.

Ich drehte den Kopf ganz wenig, um heimlich einen Blick auf die Musizierende zu werfen. Sie saß etwas über die Tasten vorgebeugt, so daß sie, um meinem stillen, forschenden Blick zu begegnen, nur ihr Gesicht der blassen Flut des Mondlichtes zuzudrehen brauchte, um jede Regung darauf deutlich sichtbar werden zu lassen. So kam es, daß wir uns plötzlich gegenseitig unverwandt anstarrten, als das Spiel unvermutet endete. Und sie brach in ein langes, glucksendes Gelächter aus.

»Also doch nicht ganz so blasiert, wie ich geglaubt habe, Mr. Withers. Wie ich sehe, sind Sie ein echter Musikliebhaber. Für mich ist es zu schmerzlich. Es weckt zu viele Erinnerungen...«

Ihre kleinen glitzernden Augen waren unter den überhängenden Lidern kaum noch zu sehen.

»Und jetzt sagen Sie mir mal«, erkundigte sie sich unvermittelt, »was halten Sie, als Mann von Welt, von meiner neuen Nichte?«

Ich war durchaus kein Mann von Welt, und ich fühlte mich, mit meiner konventionellen, schwerfälligen Art, Dinge zu beurteilen, durchaus nicht geschmeichelt, in diesem Zusammenhang einer genannt zu werden. Ich konnte ihr also ohne die geringsten Bedenken antworten.

»Ich glaube kaum, Miss Seaton, daß ich ein guter Menschenkenner bin. Sie ist ganz entzückend.«

»Eine Dunkelhaarige?«

»Ich persönlich ziehe dunkelhaarige Frauen vor.«

»Und warum, Mr. Withers? Bedenken Sie doch: dunkles Haar, dunkle Augen, dunkle Wolke, dunkle Nacht, dunkler Traum, dunkler Tod, dunkles Grab, dunkles *Dunkel!*«

Diese Steigerung hätte Seaton wahrscheinlich sehr entzückt, aber ich war viel zu dickfellig. »Das alles sagt mir nicht viel«, bemerkte ich ziemlich großspurig. »Der hellichte Tag ist für die meisten von uns schon schwierig genug.«

»Ach nein!« sagte sie spöttisch und wollte sich innerlich totlachen.

»Ich nehme auch an«, fuhr ich fort, »es ist gar nicht so sehr das Dunkle an sich, das man bewundert, es ist wohl eher der Kontrast der Haut zur Farbe der Augen und – ihrem Glanz. Genauso, wie man ja die Sterne auch nur im Dunkeln sieht«, faselte ich sinnlos weiter, weil ich nicht mehr zurück konnte. »Das wäre wohl ein langer Tag, wenn es keinen Abend gäbe. Und was den Tod und das Grab angeht – nun, ich glaube kaum, daß wir viel davon merken werden.« Arthur und seine Braut kamen langsam wieder auf dem taubedeckten Pfad zurück. »Ich finde, man muß versuchen, das Beste aus allem zu machen.«

»Wirklich sehr interessant!« lautete die gewandte Antwort. »Sie sind ein Philosoph, wie ich sehe, Mr. Withers. Hmm! ›Und was den Tod und das Grab angeht – ich glaube kaum, daß wir viel davon merken werden‹ – – – Sehr interessant... Ich kann Ihnen nur versichern, daß ich das von ganzem Herzen hoffe«, fügte sie mit einer seltsam weichen Stimme hinzu. Langsam erhob sie sich von der Pianobank. »Ich hoffe, Sie werden sich weiter meiner annehmen. Sie und ich würden famos miteinander auskommen – verwandte Geister – Wahlverwandtschaft. Und da mein Neffe mich nun bald verläßt, nachdem seine Liebe jetzt einer andern gehört, werde ich bald eine sehr einsame alte Frau sein... So ist es doch, Arthur, nicht wahr?«

Seaton blinzelte verständnislos. »Ich habe nicht gehört, was du gesagt hast, Tante.«

»Ich sagte gerade zu unserm alten Freund hier,

daß ich eine sehr einsame alte Frau sein werde, wenn du weg bist, Arthur.«

»O nein, das glaube ich nicht«, sagte er mit einer ganz merkwürdigen Betonung.

»Er meint, Mr. Withers – er meint, liebes Kind«, sagte sie mit einem flüchtigen Blick zu Alice hinüber, »daß meine Erinnerungen mir Gesellschaft leisten werden – himmlische Gesellschaft – die Geister der Vergangenheit... Dieser sentimentale Junge! Und wie hat dir denn unsre Musik gefallen, Alice? Warst du nicht ganz ergriffen?... Oh, oh, oh«, fuhr die schreckliche Alte fort, »ihr Turteltäubchen! Wie viele Liebeserklärungen habe ich nicht mit anhören müssen, und wie viele Geständnisse! Sieh dich vor, Arthur, sieh dich vor! Denn: ›Zwischen Lipp' und Kelchesrand schwebt der finstern Mächte Hand.‹« Sie sah mich mit ihren kleinen vielsagenden Augen an, bedachte Alice mit einem Achselzucken und warf ihrem Neffen einen durchbohrenden Blick zu.

Ich streckte meine Hand aus. »Gute Nacht, gute Nacht!« kreischte sie. »Einer, der erst streitet und dann wegläuft. Na dann, gute Nacht, Mr. Withers, kommen Sie bald wieder!« Sie streckte Alice ihre Wange hin, und dann drückten wir uns alle drei hintereinander langsam aus dem Zimmer.

Die Veranda und die Hälfte des ausladenden Ahorns lagen im Dunkel. Ohne zu reden, schritten wir die staubige Dorfstraße entlang. Hier und da glühte ein erleuchtetes Fenster. An der Gabelung der Hauptstraße verabschiedete ich mich. Aber ich hatte noch keine zehn Schritte getan, als mich ein plötzlicher Impuls packte.

»Seaton!« rief ich.

Er drehte sich in der kühlen Stille des Mondlichts um.

»Du hast meine Adresse. Wenn du zufällig mal aus irgendeinem Grunde in der Zeit zwischen heute und dem – dem bewußten Tag eine Woche oder zwei in der Stadt bleiben möchtest, bist du herzlich willkommen.«

»Danke, Withers, vielen Dank«, sagte er mit leiser Stimme.

»Wie ich annehme« – ich winkte Alice galant mit meinem Spazierstock zu –, »werden Sie doch bestimmt verschiedene Einkäufe zu machen haben... Dann könnten wir uns vielleicht alle treffen«, fügte ich lachend hinzu.

»Vielen Dank, Withers, – vielen, vielen Dank!« wiederholte er.

Und dann trennten wir uns.

Aber im alltäglichen Trott meines prosaischen Lebens vergaß ich die beiden. Und da ich eine schwerfällige und nicht neugierige Natur bin, verblaßte meine Erinnerung an Seaton und seine Heirat, ja sogar an seine Tante und ihrer aller Schicksal, und ich widmete ihnen kaum noch einen

Gedanken, bis ich eines schönen Tages wieder durch die Strand und an dem trübe glitzernden Schaufenster des billigen Juweliers vorbeikam, wo ich im Sommer zufällig meinen alten Schulkameraden getroffen hatte. Es war einer jener stickigen Herbsttage, wenn es die Nacht vorher geregnet hat. Ich kann nicht sagen, warum, aber plötzlich stand mir unsre letzte Begegnung wieder lebhaft vor Augen, was für einen niedergeschlagenen Eindruck Seaton gemacht hatte und wie er sich trotzdem, wenn auch vergeblich, bemühte, selbstsicher und lebhaft zu erscheinen. Inzwischen mußte er längst geheiratet haben und bestimmt auch schon von seiner Hochzeitsreise zurück sein. Und ich hatte meine guten Manieren komplett vergessen und ihnen nicht einmal eine Gratulation geschickt, geschweige denn – was eine Kleinigkeit für mich gewesen wäre und ihn, wie ich wußte, ganz besonders gefreut hätte – auch nur die Spur eines Hochzeitsgeschenks.

Aber schließlich versuchte ich mich damit zu rechtfertigen, daß ich ja gar keine Einladung bekommen hätte. Ich blieb an der Ecke Trafalgar Square stehen, und einem dieser seltsamen Einfälle folgend, die gelegentlich sogar so prosaische Gemüter überfallen, ertappte ich mich dabei, daß ich hinter einem grünen Bus herrannte, auf dem Wege, einen Besuch zu machen, den ich weder beabsichtigt noch vorgesehen hatte.

Das Dorf prangte in seinen Herbstfarben, als ich ankam. Ein schöner Spätnachmittag tauchte Strohdach und Wiese in ein Sonnenbad. Doch es war schwül und heiß. Auf meinem Wege traf ich ein Kind, zwei Hunde und eine alte Frau mit einem schweren Korb. Der eine oder andere gelangweilte Ladenbesitzer schaute träge auf, als ich vorbeiging. Alles war so ländlich und verträumt, und meine abenteuerliche Laune war soweit verflogen, daß ich eine Weile brauchte, bis ich mich in den Schatten des Ahorns begab und mich nach dem glücklichen Paar zu erkundigen wagte. Tatsächlich war ich zunächst einmal an dem blaßblauen Tor vorbeigegangen und hatte meinen Weg an der hohen grünen, mit Grasbüscheln bewachsenen Mauer entlang fortgesetzt. Die Stockrosen hatten auch die letzten ihrer Knospen aufgetan und ließen ihren Samen in den kleinen Bauerngarten hinter sich fallen. Die Herbstastern blühten, und es lag ein süßer, warmer, würziger Duft nach welkendem Grün in der Luft. Hinter den Bauernhäusern kam ein Feld, auf dem Kühe grasten, und gleich danach gelangte ich an einen kleinen Friedhof. Dann schlängelte sich der Weg weiter zwischen Stechginster und Farnwedeln hindurch. Fußwege und Häuser hatten aufgehört. Kurzentschlossen machte ich kehrt. Ich lief zum Haus zurück und klingelte.

Die ziemlich hausbackene ältere Frau, die mir die Tür aufmachte, antwortete mir zwar, daß Miss

Seaton zu Hause sei, aber so, als verbiete ihr nur ihre notorische Zurückhaltung, hinzuzufügen: ›Aber *Sie* will sie bestimmt nicht sehen.‹

»Könnte ich vielleicht wenigstens Arthurs Adresse haben?« fragte ich.

Sie sah mich sehr erstaunt an, als wartete sie auf eine Erklärung. Auch nicht die leiseste Spur eines Lächelns verklärte ihr hageres Gesicht.

»Ich werde Miss Seaton Bescheid sagen«, meinte sie nach einer Pause. »Bitte, kommen Sie herein.«

Sie geleitete mich in den niedrigen, staubigen Salon, der vom Abendsonnenschein und dem grünlichen Licht durchflutet war, das durch die vor den hohen französischen Fenstern herunterhängenden Zweige drang. Dort saß ich nun und wartete endlos lange und hörte nur gelegentlich knarrende Schritte über mir. Endlich wurde die Tür einen Spalt breit geöffnet, und das große Gesicht, das mir einst bekannt gewesen, spähte zu mir herein. Es hatte sich nämlich ungeheuer verändert, und zwar hauptsächlich deshalb, glaube ich, weil die alternden Augen plötzlich versagt hatten. Dadurch hatte es in seiner stillen und runzligen Blässe etwas Starres, Ausgelöschtes bekommen.

»Wer ist es?« fragte sie.

Ich sagte meinen Namen und nannte ihr den Grund meines Besuches.

Sie kam herein, machte die Tür sorgfältig hinter sich zu und tappte, ohne daß ihr Sichvorwärtstasten besonders zu bemerken war, auf einen Stuhl zu. Sie hatte einen alten zimtfarbigen, in sich gemusterten, taillierten Morgenrock an.

»Was kann ich für Sie tun?« fragte sie, während sie sich hinsetzte und mir ihr undurchdringliches Gesicht zuwandte.

»Könnte ich vielleicht nur Arthurs Adresse haben?« fragte ich ehrerbietig. »Es tut mir unendlich leid, daß ich Sie gestört habe.«

»Hmm. Sie wollten also meinen Neffen besuchen?«

»Besuchen – nicht unbedingt. Ich wollte eigentlich nur hören, wie es ihm geht – und natürlich auch Mrs. Seaton. Ich fürchte, mein langes Schweigen hat so ausgesehen…«

»Er hat Ihr Schweigen gar nicht bemerkt«, krähte die alte Stimme aus der großen weißen Maske. »Außerdem gibt es keine Mrs. Seaton.«

»Ach, dann bin ich ja gar kein so schwarzer Sünder, wie ich gedacht habe! Also wie geht es Miss Outram?«

»Sie ist nach Yorkshire gezogen«, erwiderte Seatons Tante.

»Arthur auch?«

Sie antwortete nicht. Mit nach oben gestrecktem Kinn blinzelte sie mich nur an, als horche sie, aber bestimmt nicht auf das, was ich vielleicht hätte sagen wollen. Ich wußte nicht mehr recht, woran ich war.

»Sie waren doch mit meinem Neffen nicht sehr eng befreundet, Mr. Smithers?« sagte sie unvermittelt.

»Nein, das nicht«, antwortete ich, froh über dieses Stichwort. »Aber wissen Sie, Miss Seaton, er ist einer von den wenigen meiner Schulkameraden, denen ich in den letzten paar Jahren zufällig wieder begegnet bin, und ich nehme an, so alte Kameradschaften lernt man erst schätzen, wenn man älter wird...« Meine Stimme schien sich in ein Vakuum zu verlieren. Darum begann ich schnell wieder: »Ich habe Miss Outram besonders reizend gefunden, und ich hoffe, es geht ihnen beiden gut.«

Noch immer blinzelte mich das alte Gesicht unentwegt und schweigend an.

»Ohne Arthur müssen Sie sich doch hier sehr einsam fühlen, Miss Seaton?«

»Ich habe mich nie in meinem Leben einsam gefühlt«, wehrte sie grämlich ab. »Ich suche nicht nach Fleisch und Blut, um Gesellschaft zu haben. Wenn Sie erst mal so alt sind wie ich, Mr. Smithers – was Gott verhüten möge – werden Sie sehen, daß das Leben ganz anders ist, als Sie heute anzunehmen scheinen. Dann werden Sie auch keine Gesellschaft mehr suchen, glauben Sie mir. Sie wird Ihnen aufgedrängt.« Ihr Gesicht wendete sich dem klaren grünen Licht zu, und ihre Augen tasteten sozusagen mein fragendes, verständnisloses Gesicht forschend ab. »Jetzt kann ich's Ihnen ja sagen«, fuhr sie mit maliziös zusammengezogenem Munde fort, »aber mein Neffe muß Ihnen damals eine ganze Menge Blödsinn erzählt haben, was? Er ist von jeher ein Lügner gewesen. Was hat er denn zum Beispiel über mich gesagt? Jetzt erzählen Sie mal.« Zitternd vor Neugier lehnte sie sich mit einem einschmeichelnden Lächeln ganz nach vorn.

»Mir scheint, er ist ziemlich abergläubisch«, sagte ich kühl. »Aber ich habe wirklich ein sehr schlechtes Gedächtnis, Miss Seaton.«

»So?« sagte sie, »*ich* nicht.«

»Die Verlobung ist doch hoffentlich nicht rückgängig gemacht worden?«

»Also, unter uns gesagt, ja«, antwortete sie mit einer ungeheuer vertraulichen Grimasse, indem sie sich aufrichtete.

»Das zu hören tut mir wirklich unendlich leid. Und wo ist Arthur?«

»Häh?«

»Wo ist Arthur?«

Wir saßen uns inmitten der abgenutzten ausgedienten alten Möbel stumm gegenüber. Dieses große, ausdruckslose, graue, undurchdringliche Gesicht analysieren zu wollen, war hoffnungslos. Und dann plötzlich trafen sich unsere Augen zum erstenmal wirklich. Ganz hinten, unter den dicken Lidern, kauerte ein kleines Etwas und blitzte mich darunter hervor an. Es war nur für den Bruchteil einer Sekunde, und doch erschien es mir unerträglich lange. Unwillkürlich blinzelte ich und schüttelte den Kopf. Sie murmelte ganz schnell etwas völlig Unverständliches, stand auf und tappte zur Tür. Ich glaubte in dem stammelnden Gemurmel so etwas wie ›Tee‹ gehört zu haben.

»Bitte, bitte, bemühen Sie sich doch nicht«, begann ich, konnte aber nichts weiter sagen, da sich die Tür zwischen uns bereits geschlossen hatte. Ich stand auf und schaute auf den seit langem vernachlässigten Garten hinaus und direkt auf Seatons von hellem Grün überwucherten Kaulquappenteich. Ich wanderte im Zimmer umher. Schon brach langsam die Dämmerung herein, und im schattigen Dickicht der Bäume hatten die letzten Vögel zu singen aufgehört. Im Haus war kein Laut zu vernehmen. Ich wartete und wartete und sinnierte vergebens. Ich versuchte sogar zu klingeln, aber der Draht war gebrochen und rasselte bei meinen Versuchen.

Ich zögerte, denn ich wollte nicht rufen oder einfach verschwinden. Aber noch viel weniger wollte ich dableiben und auf einen Tee warten, der eine überaus ungemütliche Abendmahlzeit zu werden versprach. Und als es immer dunkler wurde, überkam mich ein Gefühl äußerster Peinlichkeit und Unruhe. Alle meine Gespräche mit Seaton fielen mir wieder ein; nur verstand ich jetzt, was er gemeint hatte. Ich erinnerte mich wieder ganz genau an sein Gesicht, als wir oben an der Treppe gestanden und, über das Treppengeländer gelehnt, in den ersten Morgenstunden auf die unerklärlichen Geräusche der Nacht gelauscht hatten. Nirgendwo im Zimmer war eine Kerze zu sehen, und jede Minute nahm die herbstliche Dunkelheit zu. Ich machte ganz leise die Tür auf, um zu horchen, zog mich dann aber schnell mit einem leichten Erschrecken wieder zurück, denn ich kannte den Weg nach draußen nicht genau. Ich versuchte es sogar durch den Garten, sah mich aber unter einem wahrhaften Dickicht von grünem Laub nur einem mit einem Vorhängeschloß versperrten Gartentor gegenüber. Es schien mir etwas zu beschämend, gerade beim Überklettern des Gartenzauns eines Freundes erwischt zu werden.

Vorsichtig schlich ich mich in den stillen, dumpfen Salon zurück, sah auf die Uhr und gewährte dieser unheimlichen alten Frau noch zehn Minuten, um wieder aufzutauchen. Und als diese langweiligen zehn Minuten sich weggetickt hatten, konnte ich kaum noch die Uhrzeiger erkennen. Ich beschloß, nicht mehr länger zu warten und mich auf meinen Orientierungssinn zu verlassen. Also riß ich die Tür auf und tastete mich den Korridor entlang, der, wie ich mich dunkel erinnerte, zur Vorderseite des Hauses führte.

Ich stieg drei oder vier Stufen hinauf, schob eine schwere Portiere beiseite und befand mich auf der Veranda, dem Fächerfenster gegenüber, mit dem

Sternenhimmel dahinter. Von hier aus warf ich einen kurzen Blick in das dunkle Eßzimmer. Meine Finger lagen schon auf der Klinke der Haustür, als ich eben im Treppenhaus ein kaum vernehmbares Geraschel hörte. Ich blickte hinauf und ahnte mehr, als daß ich sie sah, die gebückte alte Gestalt, die auf mich herunterschaute.

Es trat eine sehr lange, unheimliche Stille ein. Dann wisperte eine unbeschreiblich gehässige rasselnde Stimme: »Arthur? Arthur, bist du es? Bist du es, Arthur?«

Ich kann nur schwerlich sagen, warum, aber die Frage ließ mich vor Grauen erstarren. Ich konnte keine logische Erklärung dafür finden. Mit weit zurückgelehntem Kopf, mit der Hand meinen Schirm umklammernd, starrte ich wie hypnotisiert ins Dunkel und zu meinem idiotischen Visà-vis hinauf.

»Oh, oh«, krächzte die Stimme. »Sind *Sie* das? Dieser ekelhafte Kerl!... Hinaus mit Ihnen! Hinaus!«

Nach dieser Verabschiedung riß ich die Tür auf, knallte sie ruppig hinter mir zu, rannte in den Garten, an dem riesigen alten Ahorn vorbei und zum offenen Tor hinaus.

Ich war schon die Hälfte der Dorfstraße hintergerannt, bevor ich aufhörte zu rennen. Der Metzger des Dorfes saß in seinem Laden und las beim Licht einer kleinen Petroleumlampe in so

etwas wie einer Zeitung. Ich überquerte die Straße und erkundigte mich nach dem Weg zum Bahnhof. Und nachdem er mir ganz genau und unnötig umständlich Bescheid gesagt hatte, fragte ich harmlos, ob Mr. Arthur Seaton noch mit seiner Tante in dem großen Haus gleich hinter dem Dorf lebe. Er steckte seinen Kopf in eine kleine Stube.

»Millie«, rief er, »hier ist ein Herr, der fragt nach dem jungen Mr. Seaton. Der ist doch tot, nicht wahr?«

»Mein Gott, ja, natürlich«, antwortete eine fröhliche Stimme von drinnen. »Schon seit drei Monaten oder mehr, tot und begraben – der junge Mr. Seaton. Und gerade, bevor er heiraten wollte. Weißt du denn nicht mehr, Bob?«

Ich sah das Gesicht einer jungen blonden Frau über die Scheibengardine der kleinen Tür hinwegschauen.

»Vielen Dank«, erwiderte ich, »also geradeaus muß ich gehen?«

»Ganz recht, Sir, am Teich vorbei, und halten Sie sich auf dem Hügel etwas nach links, dann sehen Sie die Bahnhofslichter direkt vor sich.«

Wir sahen uns beim Schein der rußigen Lampe verständnisvoll ins Gesicht. Aber ich konnte keine der vielen Fragen, die mir durch den Kopf schwirrten, in Worte fassen.

Und wieder blieb ich ein paar Schritte weiter unentschlossen stehen. Ich glaube, es war nicht nur die alberne Überlegung, was der grobschlächtige Metzger von mir *denken* könnte, die mich davon abhielt, zu versuchen, Seatons Grab auf dem nächtlichen kleinen Friedhof ausfindig zu machen. Es hätte so verdammt wenig Sinn, im schmutzigen Dunkel herumzutappen, nur um zu sehen, wo er begraben lag. Und dennoch war mir keineswegs wohl zumute. Ich kam nämlich zu der gräßlichen Erkenntnis, daß Seaton eigentlich für mich – einen seiner ganz wenigen Freunde – im Grunde schon von jeher nur wenig mehr als ›begraben‹ gewesen war.

Die Vogelscheuche

Wenn die winterliche, trübe Abenddämmerung den Bahnhof von Crewe einzuhüllen beginnt, wird sein Erster-Klasse-Wartsaal zusehends trostloser. Besonders wenn man ganz allein drin sitzt. Die hohen verrußten Fenster lassen kaum noch das spärliche, durch das Glasdach draußen schräg hereinfallende Licht ein, das zu schwach ist, um bis in die rückwärtigen Winkel vorzudringen. Und das massive, mit genarbtem schwarzen Leder bezogene Mobiliar sieht immer weniger vertrauenerweckend aus. Es macht eher den Eindruck, als sei es eigens für eine Szene äußerster diabolischer Brutalität angefertigt worden, die aber, kann man nur hoffen, nie stattfinden wird. Jedenfalls kann man sich nur schwer vorstellen, daß es von einem *wirklich guten* Menschen entworfen wurde!

Solche Einzelheiten stellen sich natürlich in der Erinnerung meist übertrieben dar, und ich tue dem verantwortlichen Fabrikanten vielleicht Unrecht. Aber wie es auch immer sein mag – und der Nachmittag, an den ich in diesem Zusammenhang denke, liegt jetzt schon viele Jahre zurück –, eins ist jedenfalls sicher: die Häßlichkeit meiner Umgebung wurde mir erst besonders deutlich bewußt, als die wenigen Reisenden, die diesen gräßlichen Aufenthaltsort mit mir teilten, dem Gebimmel eines Signals für den von London kommenden Zug folgend, hinausgeeilt waren, und außer mir, der ich auf den Gegenzug wartete, nichts und niemanden zu meiner Gesellschaft zurückgelassen hatten, wie ich meinte, als die heruntergebrannte, verglimmende Kohlenglut auf dem eisernen Kaminrost.

Das beinahe lebhafte Gespräch, das sich entwickelt hatte, bevor wir uns trennten – um uns wahrscheinlich in dieser Welt nie wiederzusehen –, war durch einen Bericht in den Morgenblättern über die letzte Fahrt eines Schiffes mit dem Namen *Hesper* verursacht worden. Es war am vorhergehenden Abend ein paar Tage verspätet mit einer Ladung Zucker aus Westindien angekommen und lag jetzt sicher in den Docks von Southampton vor Anker. Das schien für diejenigen, die etwas damit zu tun hatten, irgendwie eine Erleichterung gewesen zu sein. Denn selbst der Kapitän der *Hesper* hatte sich nicht geweigert zuzugeben, daß gewisse mysteriöse und tragische Dinge passiert seien, zog es jedoch vor, nicht mit Reportern darüber zu sprechen. Er bestätigte indessen – sogar einem Reporter gegenüber –, daß damals eine Vollmondnacht und die See, abgesehen von einer schweren Dünung, ›so ruhig wie ein Dorfteich‹ gewesen sei und sein Schiff gegenwärtig auf der Suche nach einem zweiten Maat wäre. Doch die Fahrt der *Hesper* ist jetzt natürlich schon eine alte und oft erzählte Geschichte. Ich selbst hatte mich nur in sehr geringem Maße an der Diskussion beteiligt, und da ich mitt-

lerweile dieser ganzen Mystifikation schon überdrüssig war, hatte ich gerade beschlossen, das Bahnhofsrestaurant mit seinen Lichtern, Erfrischungen und bunten Flaschen aufzusuchen, als eine Stimme aus dem trüben Dunkel hinter mir die Stille durchbrach. Es war eine ungewöhnliche Stimme, schnell und unzusammenhängend und wie unter einem inneren Zwang. Sie klang wie die Stimme eines Menschen, der im Traum oder unter der Einwirkung eines Rauschgiftes spricht.

Ich rückte meinen hochlehnigen, plumpen Sessel etwas herum und sah mich neugierig um. Offensichtlich hatte er, dieser andere im Raum Anwesende, bis zu diesem Augenblick genauso wenig Ahnung von meiner Gegenwart gehabt wie ich von seiner und schien tatsächlich ganz verblüfft darüber, nicht allein zu sein. Er war aus seiner dunklen Ecke hinter dem hohen Fenster aufgefahren und starrte mich aus seinem nichtssagenden grauen Gesicht mit unverhohlener Bestürzung an. Im ersten Augenblick schien er nicht einmal zu wissen, was ich sein könnte. Dann seufzte er, ein Seufzer, der in einem langen, zitternden Gähnen endete. »Es tut mir leid«, sagte ich, »aber ich wußte nicht...«

Doch er unterbrach mich – und zwar nicht so, als sei ihm meine Gesellschaft jetzt, da er in mir unerwartet einen Mitmenschen erkannt hatte, darum weniger willkommen.

»Was ich nur sagen wollte, Sir«, erklärte er milde, »diese Leute, die da eben hinausgegangen sind, haben genauso wenig Ahnung von dem gehabt, was sie da reden, wie ein neugeborenes Kind in der Wiege.«

Diese elegante Paraphrase, mußte ich feststellen, hatte allerdings nicht die entfernteste Ähnlichkeit mit dem wilden Monolog, den ich eben mit angehört hatte. »Inwiefern?« fragte ich. »Ich bin zwar nur eine Landratte, aber...«

Ich hielt es für unnötig, den Satz zu beenden, denn ich habe nie jemanden gesehen, der weniger wie ein Seemann gewirkt hätte als er. Er war etwas vorgerutscht und saß nun, die Beine unter dem Sitz verborgen, auf der äußersten Kante seiner riesig breiten Holzbank, ein ziemlich kleiner Mann, ganz eingemummt in einen zwar respektablen, aber mindestens zwei Nummern zu großen Überzieher. Die Hände hatte er tief in dessen Taschen vergraben.

Er ließ nicht nach, mich anzustarren. »Um derartige Dinge zu wissen, braucht man nicht unbedingt zur See zu fahren«, fuhr er fort. »Und wenn man zur See fährt, braucht man nicht darüber zu streiten. Doch es war nicht meine Sache, mich einzumischen. Sie werden schon von selber dahinterkommen – wenn es an der Zeit ist. Sie gehen ihren Weg. Und da wir gerade davon sprechen: haben Sie schon jemals gehört, daß es weniger gefährlich sein soll, in einem Eisenbahnzug mit achtzig Kilometer Stundengeschwindigkeit zu sitzen, als allein – und man sollte doch annehmen, sicher – in seinem eigenen Bett zu liegen? Was auch wahr ist.« Er schaute um sich. »Auch an einem Ort wie dem hier weiß man nie, wo man ist. Er ist solide, obwohl...« Die Worte, die jetzt folgten, konnte ich nicht verstehen, sie schienen aber ein ziemlich geringschätziges Urteil über die Dinge im allgemeinen zu enthalten.

»Ja«, stimmte ich zu, »der sieht gewiß solide aus.«

»Ach was, ›sieht aus‹«, fuhr er gereizt fort. »Aber was *ist* denn Ihr ›solide‹ im Grunde schon, sagen Sie mal? Ich selber habe früher auch mal dran geglaubt...« Er schien über das *früher mal* nachzugrübeln. »Aber heute denke ich anders darüber«, fügte er dann hinzu.

Mit diesen Worten stand er auf, schoß aus seiner dunklen Ecke hinter dem hohen Fenster hervor und kam zum Feuer. Er schien noch kleiner geworden, vielleicht weil der Mantel so lang war. Nachdem er seine verrunzelten, von Adern durchzogenen Hände an dem Häufchen Glut gewärmt hatte, die auf dem Rost unter dem Kaminsims aus schwarzem Marmor schwelte, ließ er sich mir gegenüber nieder.

Auf die Gefahr hin, überheblich zu wirken, muß ich gestehen, daß mir die Erscheinung dieses Fremden, seit er näher gekommen war, nicht sonderlich zusagte. War er am Ende darauf aus, eine kleine

Anleihe zu machen? Trotz seinem erstaunlichen Überzieher sah er so aus, als hätte er vor allem einen Barbier, aber auch Medizin und Schlaf nötig – Bedürfnisse, die sich vielleicht zum Schluß auf eine gewisse Sucht nach Alkohol zurückführen ließen. Doch ich hatte unrecht. Er bat um nichts, nicht einmal um Mitgefühl oder einen Rat. Wie es schien, wollte er nur von sich reden, sonst nichts. Und möglicherweise sind Geständnisse bei einem vollkommen Fremden manchmal besser aufgehoben als bei einem intimen Freund. Er erzählt sie wenigstens nicht weiter.

Nichtsdestoweniger werde ich versuchen, die von Mr. Blake zu erzählen, und soweit es möglich ist, sogar in seiner eigenen Ausdruckweise. Sie haben damals Eindruck auf mich gemacht, und ich habe mich seitdem gelegentlich gefragt, ob seine Feststellungen in bezug auf die Gefahren des Reisens mit der Eisenbahn sich als zutreffend erwiesen haben. *Vorsicht ist die Mutter der Weisheit* ist soweit schon ein sehr gesundes Prinzip, nur werden wir zum Schluß doch alle überlistet. Und ich frage mich noch heute, welches Ende er genommen haben mag.

Es begann damit, daß er mich fragte, ob ich jemals auf dem Lande gelebt hätte, ›so richtig auf dem Lande – in der Wildnis‹. Und als er dann sehr schnell feststellte, daß ich mehr geneigt war zuzuhören als zu reden, stürzte er sich Hals über

Kopf in seine Vergangenheit. Das schien ihm wohlzutun.

»Ich habe als Herrschaftsdiener angefangen«, sagte er einleitend. »Erst war ich Schuhputzer unter einem Kammerdiener, dann Lakai und Aushilfe bei Tisch, dann Pantry-Arbeit und so weiter. Niemals verheiratet oder sowas ähnliches. Weiberröcke machen ja doch nichts wie Scherereien im Haus. Und ich muß sagen, wenn man sich hübsch für *sich* hält, macht sich das bezahlt – mit der Zeit. Wovor man sich besonders hüten muß, ist vor seinesgleichen, vor dem andern Personal. Es ist überall dasselbe: der Mensch ist noch nicht viel über den Zustand raus, wie Hund und Katze zu leben. Nicht, wenn man genauer hinschaut, jedenfalls – ob hoch oder niedrig. Ich selber habe deswegen schon zwei- oder dreimal schöne, leichte Stellungen verloren. Von wegen der Eifersucht. Und wenn man sich nicht beizeiten damit abfindet, wo man hingestellt worden ist, hat man später, wenn's mal ans Sterben geht, verdammt wenig Schanksen. Aber wie ich höre, soll sich das ja alles geändert haben. Hohe Löhne und möglichst nichts tun, das soll ja jetzt an der Tagesordnung sein, und mit der Dankbarkeit ist es auch entsprechend bestellt. Heutzutage läßt sich jeder treiben, und wenn's über Leichen geht.«

Als Philosoph schien dieses blaßgesichtige, eingemummte Wesen zum Realismus zu neigen, obgleich seine Einwände in bezug auf den Begriff *solide* dem nicht ganz entsprachen. Nicht daß ihm meine Realität als solche sehr wichtig zu sein schien – außer, daß ich eben einfach zufällig da war. Denn obwohl er bei seinen ziemlich intimen Erinnerungen, an denen er mich fortgesetzt teilhaben ließ, häufig innehielt, um eine Frage zu stellen, wartete er nur selten eine Antwort ab, und wenn, dann nahm er sie gar nicht zur Kenntnis. Jetzt verstehe ich auch, daß das nicht weiter verwunderlich war. Wir teilten nur in diesem Augenblick – was mich betraf, ganz zufällig – diesen Aufenthaltsraum, und er wollte nichts weiter, als Gesellschaft haben, menschliche Gesellschaft.

»Die letzte Stellung, die ich hatte«, fuhr er in seiner Erzählung fort, »war bei Reverend W. Somers, M. A.[*], William. In der Wildnis, wie ich schon sagte. Nur ich, ein junger Bursche namens George, und eine Frau, die zum Aufräumen, Kochen und so weiter aus dem Dorf kam, wovon ich allerdings das meiste selber machte. Ich meine, ich legte sozusagen immer die letzte Hand an. Seit wann der Reverend keine Frauen mehr im Hause haben wollte, habe ich nie richtig rauskriegen können. Aber so ein Pfarrer hat eben auch sein Kreuz mit ihnen, denke ich mir. Er hing schon sehr an seiner Schwester, das war es nicht. Sie waren zu-

---

[*] M. A. = Master of Arts: Magister der philosophischen Fakultät.

sammen aufgewachsen, von der Kinderstube bis zum Salon, und in der Zeit kann man eine Menge Sünden begehen.

Wie *er*, so war *sie!* nur hatte sie eher etwas von einem Papagei im Aussehen. Ein rotes Gesicht mit einer schnabelähnlichen Nase. Soweit eine ganz nette Dame, nur war sie etwas schwer von Begriff. Im allgemeinen mischte sie sich auch nicht ein, trotz ihrer Nase. Aber machen Sie sich ja keine Illusionen: *tummeln* mußten wir uns, wenn sie zu Hause war, das kann ich Ihnen sagen. Gott sei Dank kam das nur selten vor. Und schließlich war es ja auch gleich.

Sie hat das Pfarrhaus nie ausstehen können. Wer konnte schon? Ich hör' sie noch heute, ›Blake dies, und Blake das‹. Zu düster, zu gruftig, zu beengt. Und eisigkalt im Winter, vielleicht weil es so tief lag. Und Bäume davor – immergrüne. Doch auf der Rückseite alles frei – mit einem Bach, Kornfeldern und in der Ferne Hügel –, besonders im Sommer natürlich. Das ging nur so rauf und runter, und verschwommen und dunkel, je nach dem Wetter. Von den Fenstern im Korridor oben konnte man meilenweit sehen – lauter kleine Scheiben, die besonders schwer zu putzen sind. Aber die Fenster putzte George. George war auch aus dem Dorf, wenn man das ein Dorf nennen konnte. Doch wohnen tat er im Hause. Nichts weiter als ein paar Katen und ab und zu verstreut ein Bauerngehöft.

Warum die alte Backsteinkirche anderthalb Kilometer weit weg lag, ist mir unverständlich. Vielleicht, um den ›Brüllenden Löwen‹ in Schwung zu bringen. Der Pfarrer hatte Privatvermögen – natürlich. Ich wußte das schon, bevor es bei der Testamentseröffnung rauskam. Immerhin war es eine ganz schöne Fettlebe – es sollte mich gar nicht wundern, wenn es sich glatt auf fünfzig Pfund belaufen hat, und die Pfarrstelle noch obendrein. Man bekommt, was einem in dieser Welt zusteht, und mancher von uns kriegt sogar eine größere Scheibe, als er verdient. Aber der Pfarrer – das muß ich wirklich sagen – hat das nie ausgenutzt. Er war ein Herr. Laß ihn bei seinen Büchern, von morgens bis abends, und man hatte keine Umstände mit ihm – also nicht die mindesten.

Das heißt, er hatte natürlich alles gern so, wie es sich gehörte, und er hatte das feinste Silber, das ich je in der Hand gehabt habe, und alte Möbel, die dazu paßten. Ich meine, keine Möbel, die man so in Ausverkäufen zusammenramscht, sondern richtiges altes Familienerbe. Daher stammte auch die Papageiennase in der Familie. Und alles ganz pünktlich, auf die Minute, und die guten Sachen *erstklassig*. Suppe oder Fisch, ein Kotelett, eine Beilage und ein Glas Sherry oder Madeira. Nichts Süßes – dabei war er ein sehniger, magerer Herr, silberweißer Bart und so. Ich habe auch nie herrlichere Früchte gesehen als die aus seinen Treibhäusern und seinem Obstgarten. Damit hat allerdings auch die ganze Misere angefangen. Kirschen, Reineclauden, Pfirsiche, Nektarinen – an alten roten, von der Sonne ausgetrockneten, zirka drei Meter hohen Mauern, und im Frühling ein Anblick wie ein wahres Wunder. Ich pflegte eigens rauszugehn, um mir das anzuschau'n. Er hatte auch seine Schrullen, der Reverend. Wenn geraucht werden mußte, durfte es nur im Gebüsch bei den Amseln geschehen, aber nicht unter seinem Dach. Und wenn er in seinem Arbeitszimmer saß, roch er aber auch das kleinste bißchen Zigarettenrauch, selbst aus dem hintersten Winkel vom Dachboden.

Nun hat *mich* Tabak nie interessiert. ›Laß sein, was du nicht brauchst, dann fehlt's dir nicht, wenn du's nicht kriegen kannst‹. Das ist meine Devise. Es war, wie gesagt, eine leichte Stellung, wenn man davon absah, wie still es war – kein Laut, keine Gesellschaft, keine Menschenseele weit und breit. Auch gute Möglichkeiten, vorwärtszukommen, wenn man warten konnte. Er war kein Freund von Veränderungen, unser Reverend – machte auch gar kein Geheimnis daraus. Er hat mir von sich aus erzählt, daß er mich in seinem Testament erwähnt hätte – ›wenn noch in seinen Diensten‹. Sie wissen ja, wie diese Rechtsanwälte sich so ausdrücken. Und für den Fall, daß der eine oder andere von uns in der Zwischenzeit aus irgendwelchen Gründen seinen Posten verließe – das hatte er mir noch zu verstehen gegeben –, bekäme der letzte, der übrigblieb, das Ganze. Aber nicht durch Tod. Und *darin* lag eben, wie sich dann rausstellte, mein Irrtum. Doch darüber reg' ich mich jetzt nicht mehr auf. Er war ein feiner Herr, und ich habe mein Auskommen, solange ich lebe. Und das können noch ein paar hübsche Jährchen sein.«

Die Betonung in seiner letzten Bemerkung verlangte nach einer Frage. Aber mein vertrauensseliger Partner machte keine Pause und ließ mir keine Zeit, mich zu äußern, sondern fügte angriffslustig hinzu: »*Wer* will denn schon *gehen*, frage ich Sie? Früher *oder* später? Nochzumal doch keiner weiß, was auf der andern Seite los ist!« Er zog seine grauen Augenbrauen etwas in die Höhe, als wollte er zu mir aufsehen, während er vornüber geneigt beim Feuer saß, tat es dann aber doch nicht. Und wieder kam ich nicht dazu, etwas zu sagen.

»Also, wie gesagt, in dieser Stellung hätte ich bis auf den heutigen Tag bleiben können, wenn auch der Gärtner des alten Herrn Lust gehabt hätte zu bleiben. *Er* war nämlich derjenige, der angefangen hat, wegzugehn. Und nachdem er mal weg war, sind wir alle verschwunden. Wie Kegel. Sie werden es mir vielleicht kaum glauben, Sir, aber ich bin der einzige, der von diesem Haushalt noch übrig ist. Ausgestorben. Und über solche Sachen quatschen diese werten Herrschaften, ohne eine blasse Ahnung zu haben. Ich sage mir immer: bleib auf dieser Seite vom Grab, solange du kannst. Halt dich raus aus dem Loch. Und warum? Weil nämlich keiner, solange er noch hier ist, genau weiß, was sich da nicht noch alles rausstellt, wenn er eines Tages da runter muß.

Dort gibt's kein Scheiden mehr – ich habe oft genug gehört, wie sie das in den Kapellen immer so rausschmettern wie Misteldrosseln im Frühling. Die scheinen zu vergessen, daß es da unten unter Umständen mächtig unerfreuliche *Begegnungen* geben kann. Und was ist das mit dem ›andern Ufer‹? Ich bin überzeugt, auf dem Fluß da unten gibt's so was wie 'ne Fähre, die hin und her fährt. Und das Zurückkommen hängt ganz davon ab, *weswegen* man zurückkommen will.

Jedenfalls – das Pfarrhaus *roch* danach. Ein niedriges altes Haus, mit vielen kleinen Fenstern und viel zuviel Türen. Und, wie gesagt, die Bäume auf der einen Seite viel zu nah dran – die stießen ja fast an die Scheiben an. Kein Wunder, daß es hieß, es wäre genau das, was man ein Gespensterhaus nennt. Man konnte es mit geschlossenen Augen spüren; es war geradezu, als ob sie sich vermehrten. Der eine Pfarrer – ich meine, der zweite oder dritte vor meinem eigenen Herrn – hat sich sogar die Mühe gemacht, den Platz exerzieren zu lassen, wie man das nennt, mit so Sachen wie Kerzen und Weihwasser, wissen Sie. Also für *mich* ist das ja nur der reinste Mumpitz. Aber wenn das, was *ich* dort gehört habe – und das war schon lange, bevor dieser Schafskopf von George ins Haus kam – was andres war als nur das Alter und Eulen und Vögel im Efeu, dann muß es das verflucht nötig gehabt haben. Wenn man sich erst mal an die Geräusche gewöhnt hat, kann man auch ganz genau unterscheiden, welches was ist. Für gewöhnlich, meine ich. Obgleich ich immer mehr dahin komme, mich zu fragen, ob nicht jedes Ding sehr viel mehr ist, als man so denkt – im allgemeinen wenigstens.

Dasselbe bei den Geräuschen natürlich. Was ist denn die Stimme des Gewissens, von der man immer redet, anderes als etwas, was man nicht zu hören braucht, wenn man nicht will? Ich rüge das gar nicht. Wenn es anfangs etwas in diesem Haus gegeben hat, was besser draußen als drin gewesen wäre, so hat mich das nie gestört – wenigstens zunächst nicht. Und der Reverend, auch wenn man seine Gemeinde, außer beim Erntedankfest, gerade an seinen zehn Fingern hat abzählen können, war so in seine Bücher versunken, daß ich bezweifle, ob ihn selbst die Posaune des Jüngsten Gerichts daraus aufgeschreckt hätte. Ich glaube, ich habe ihn in jenen letzten Wochen, wenn ich zu ihm hineinging, um nach dem Feuer zu sehen, häufiger schlafend als wachend darüber angetroffen.

Nein, ich beklage mich nicht. Lebe in Frieden, mit wem du kannst, sage ich immer. Aber wenn man auf einen so griesgrämigen Kunden stößt wie meinen Freund, den Gärtner – und Schotte war er obendrein noch –, dann hört sich einfach alles auf. Er nannte sich Mengus, obgleich ich nicht verstehen kann, *wieso*, wo er sich doch mit einem z schreibt. Zu Anfang, als ich die Stellung antrat, war alles eitel Sonnenschein. Ich bin kein streitsüchtiger Mensch, wenn man mich in Ruhe läßt. Aber später, als der Bruch kam, brauchten wir uns, glaube ich, nur irgendwo zu begegnen, und schon war der Krach da. Was *der* für lange Beine hatte, dieser Mr. Menzies; viel zu lang, wie mir schien, um bequem graben, hacken und Unkraut jäten zu können. Er hatte sehr schütteres rotes Haar, und dasselbe im Gesicht, einen Backenbart – und eine krumme Haltung. Er wohnte unten im Pförtnerhaus, und seine verwitwete Tochter führte ihm die Wirtschaft. Sie hatte einen kleinen Jungen, so blond, wie sie dunkel war. Und harmlos, soweit man das von Kindern sagen kann; der Typ, den man einen Engel nennt; aber zu laut und nicht fürs Haus geeignet.

Und jetzt frag ich Sie: warum sollte ich nicht ein bißchen von dem köstlichen Obst dieses Herrn pflücken, oder eine Gurke für Salat, wenn ich's brauchte, und er gerade nicht da war? Was ist denn schon dabei, wenn ich ein paar Weintrauben zum Nachtisch oder ein kleines Aprikosentortelette zum Lunch für den Pfarrer haben wollte, und unser Mr. Menzies nach Hause gegangen war oder bei den

Mistbeeten zu tun hatte? Ich halte nichts von solchen strengen und festen Vorschriften, wenigstens außerhalb des Hauses nicht. Er aber ja! Wir stritten uns wochenlang darüber rum. Und er mit einer Wut, sag ich Ihnen, die durch keine Vernunft mehr zu bändigen war, wenn er sich mal erhitzt hatte.

Nicht daß ich viel Notiz von ihm genommen hätte, bis es zu einem Punkt kam, wo es unerträglich wurde. Ich ließ ihn rasen. Aber Pflicht ist Pflicht, da hilft nun mal alles nichts. Und wenn ein Mann, ganz abgesehen von dem Geschrei wegen dem bißchen Obst, das ausnützt, was pure Freundlichkeit war, dann ist man schließlich auch gezwungen, sich zu wehren. Genau wie Hiob.

Was ich sagen wollte, ist, daß ich gelegentlich – Fenster weit offen und alles, denn die Pantry lag auf der andern Seite des Hauses und abseits vom Arbeitszimmer des alten Herrn –, ich sage, ich pflegte gelegentlich und aus purer Freundschaft unserm Freund ein Gläschen anzubieten. Wie das so bei manchem aus Adams Geschlecht der Fall ist, war das Trinken eine kleine Schwäche von ihm, was nicht heißen soll, daß ich es deswegen gutheiße. Aber Ruhe und Frieden ist das wichtigste, und gute Miene zum bösen Spiel machen, auch wenn es einen manchmal ein bißchen schwer ankommt, zu vergeben und vergessen.

Wenn er vernünftig war, wie gesagt, und alles war, wie es sein sollte, konnte er ein Gläschen bekommen, und zwar gerne. Wenn nicht, nicht. Aber mit der Zeit wurde es zu einer Art Gewohnheit und Selbstverständlichkeit, was immer eine schlechte Sache ist. Ach, es war ein großer Jammer! Da war der Herr Pfarrer, der zusehends schwächer wurde und der die ganze Zeit glaubte, daß alles um ihn herum ruhig und freundlich wäre, wie das Neue Jerusalem, während unter der Oberfläche nichts als Streit und Hader, wie man das nennt, herrschte. So manches Haus sieht von außen proper und kosig aus wie eine Nuß. Aber knack sie auf und schau hinein! Schimmel. Dennoch hatte unser Mr. Mengus bis dahin noch ›Schanksen‹ gehabt.

Doch dann kam schließlich ein mächtig heißer Sommer – vor fünf Jahren, wie Sie sich vielleicht noch erinnern werden. Fünf Jahre werden es nächsten August –, ein ganz ungewöhnlich heißer Sommer. Und deshalb natürlich auch ein früher Herbst. Tag für Tag sah ich die Steine auf den Stoppelfeldern flimmern. Und Gärtnerei ist eine durstige Beschäftigung, zugegeben. Und da dem nun mal so ist, dann auf alle Fälle besser frisches Leitungswasser, oder 'n Schluck Apfelwein, wie ihn die Erntearbeiter trinken, statt scharfe Schnäpse, ob man nun dran gewöhnt ist oder nicht! Das ist doch mal klar.

Außerdem hatten wir auch wieder einmal einen Disput miteinander gehabt, und wenn ich auch mit einem Freund über etwas streiten kann, ohne mich gleich zu verkrachen, bin ich wiederum kein

Mensch, der sich duckt und Vorteile zu ergattern sucht. Soll er sich doch selber was zu trinken besorgen, sagte ich mir. Und Sie können mich kaum dafür verantwortlich machen, wenn er es tat. *Drüben*, im Schatten der Bäume, stand das Pantryfenster weit nach außen offen – und Tag für Tag nichts wie diese glühende Sonne und nicht ein Lüftchen zum Atmen. Und dort stand auch sein Ruin, er brauchte nur hineinzulangen; und auch ein Wasserhahn war da. Sehr einladend, das muß ich wirklich zugeben.

Ich will nun nicht etwa sagen, daß er ein Säufer war, verstehen Sie mich recht. Ebensowenig, wie ich ein Mann bin, der das, was man ihm zu tun aufträgt, nun mit dem Zentimetermaß genau abmißt. Es handelt sich um das Prinzip der Sache. Auch hätte man meinen sollen, daß ihn schon ein einfacher, ehrlicher Stolz davon zurückgehalten hätte. Nichts dergleichen; und es spielte auch gar keine Rolle, ob Wein oder Schnaps. Von dort aus pflegte ich ihn zu beobachten. Er konnte mich nicht sehen, weil ich hinter der Türe stand. Und Praktiken wie die, Sir, das werden Sie mir zugeben, dürfen nicht einreißen. So konnte es einfach nicht weitergehen, Pfarrhaus hin, Pfarrhaus her. Außerdem geschah es nicht mehr im geheimen, sondern ganz offen. Das ging entschieden zu weit. Zieh dich aus der Affäre, das war die Losung. Eines schönen Morgens kam ich runter und fand eine meiner besten Karaffen in Tausenden von Splittern auf dem Steinfußboden vor, und irisches Glas obendrein. Katzen und Sherry – wo hat man denn schon sowas gehört? Und aus Rache hat er die ganze Pantry mit Wespen gefüllt, indem er überreife Pflaumen reinbrachte. Schöne Zeitverschwendung das. Und einige der Treibhäuser voller Mehltau!

Und so ging es fort. Es wurde immer schlimmer, und zwar in einem Tempo, wie ich es nicht für möglich gehalten hätte. Dazu war er noch Witwer und hatte eine verheiratete Tochter, die von ihm abhängig war; was sogar noch schlimmer ist wie 'ne eigene Frau, die sich darauf einstellt, mit dem Guten auch das Schlechte in Kauf zu nehmen. Nein, Sir, ich mußte Schluß damit machen. Vielleicht werden Sie denken, ein freundliches Wort in sein Ohr, oder alles Trinkbare von ihm fernhalten, hätte genügt – nicht bei *dem*, glauben Sie mir. Und wie kann man eine solche Schwäche noch unterstützen, indem man ungewöhnliche Schritte unternimmt, um ihn davon abzuhalten? Das könnte man schon aus Selbstachtung nicht tun. Dann fiel mir ein, mich hinter George zu stecken, natürlich ohne mich dadurch in irgendeiner Weise zu kompromittieren. George hatte ein Gesicht, so lang wie Ihr Arm, blaß und feierlich. Man hätte eine Katze damit zum Lachen bringen können. Zieh ihm eine Soutane und ein Chorhemd an, und man hätte ihn für den Hilfspfarrer von unserm Reverend halten können. Was ganz Merkwürdiges für einen so jungen Burschen, der auf dem Lande geboren ist. Aber Vikar hin, Vikar her, er hatte Augen im Kopf und mußte gesehen haben, was da zu sehen war.

Eines Tages sagte ich zu ihm – und ich erinnere mich noch, wie er da in der Pantry in seinem schwarzen Rock vor dem weißgestrichenen Geschirrschrank stand, und ich zu ihm sagte: ›George‹, sagte ich zu ihm, ›ein Wort zur Zeit spart uns viel Leid, aber es wäre besser, wenn es von dir käme. Hast du kapiert, was ich meine? Schweig, bis unser Freund wieder nüchtern ist und Vernunft angenommen hat. Dann gib's ihm – ich meine, sprich ein warnendes Wort. Sag ihm, daß wir vor dem alten Herrn alles vertuschen werden, so gut wir können, daß aber der Teufel los wäre, wenn er davon erfahren täte, soviel ist sicher. Von dir würde er es leichter hinnehmen, George, weil ich doch hier die Verantwortung für alles trage.‹

Gott, wie gut ich mich noch an George erinnere! Er hatte eine Art, einen anzusehen, als könnte er nicht bis drei zählen – aufgedunsene Hände und blitzblaue Augen, einfältig wie Kinderaugen. Dabei war er gar nicht dumm, o nein. Das konnte keiner von ihm behaupten. Und wenn ich jetzt so darüber nachdenke, habe ich das Gefühl, er wußte genau, daß wir mit unserm kleinen Plan nicht viel erreichen würden. Aber da haben Sie's wieder mal: was immer er gedacht haben mochte – er war zu unbeholfen mit seiner Sprache, so daß er nie die richtigen Worte finden konnte, bis es dann zu spät war; darum ließ ich es auch dabei bewenden. Jedoch hatte ich die Erfahrung gemacht, daß er, trotz seiner Fehler, ein junger Mann war, bei dem man sich darauf verlassen konnte, daß er alles richtig ausführte, was man ihm auftrug. Und darum ließ ich es, wie gesagt, dabei bewenden.

Was er tatsächlich gesagt hat, habe ich nie erfahren. Aber die Wirkung war, als hätte man Petroleum in ein Feuer gegossen. Schon am nächsten Nachmittag kam unser Freund ans Pantryfenster, blieb davor stehen und schaute hinein – er torkelte. Und ich sehe noch deutlich die Mücken vor mir, die in einem Sonnenfleck hinter ihm im Zickzack hin und her tanzten, als hätte ich sie gerade jetzt hier vor Augen. Er war in einem solchen Zustand, daß er sich am Fensterbrett festhalten mußte, um nicht umzufallen. Diesmal war's nicht Durst, sondern einfach Wut. Und als er dann merkte, daß er mich zu keinem Hahnenkampf verlocken konnte, auch wenn er sich noch so aufplusterte, begann er zu reden. Keine unflätigen Worte etwa – gegen die kann man ja leicht seine Ohren verschließen –, sondern kalte, ausgesuchte Beleidigungen, bei denen das nicht geht. Zunächst nahm ich gar keine Notiz von ihm und ging ganz gemütlich meinen Geschäften nach, ohne jede Hast. Welchen Sinn hat es schon, dachte ich mir, sich mit einem Menschen zu streiten, der vor Wut außer sich und noch dazu einer von diesen notorischen Schotten ist. Worauf es ankam, war *Frieden* im Hause, und wenn auch nur wegen des alten Herrn, der meiner Meinung nach eindeutig unter dem Wetter litt und dem es in der letzten Zeit gar nicht sehr gut gegangen war.

›Wo ist denn Ihr geliebter George?‹ sagte er schließlich zu mir – mit noch ein paar Randbemerkungen dazu. ›Wo ist denn dieser George? Rücken Sie mal raus mit ihm. Dem werde ich beibringen, bei meiner eigenen Tochter den heiligen Moses zu spielen. Holen Sie ihn mal raus, sage ich, und wir werden gleich hier auf der Stelle ein Ende damit machen.‹ Und das alles mit Gekreische; und die Hälfte seiner Worte hörte sich so englisch an wie das Miauen einer Katze.

Aber ich beherrschte mich und antwortete ihm ganz gemäßigt und so freundlich, wie es mir möglich war. ›Ich will mich nicht in den Streit anderer Leute einmischen, *wer* es auch immer sei‹, sagte ich. ›Solange George seine Arbeit in diesem Hause so tut, wie es *meinem* Auge gefällt, bin ich für das, was er in seiner Freizeit tut, nicht verantwortlich, und es geht mich nichts an.‹

Woher sollte ich denn wissen, frage ich Sie, daß es *nicht* unser Mr. Mengus war, der eine meiner schönsten Karaffen zerschmissen hatte? Welchen Gegenbeweis gab es für mich? Welchen *Grund* hätte ich haben sollen, was anderes zu denken?

›George ist ein ruhiger, ungebührlicher junger

Bursche‹, sagte ich zu ihm, ›und wenn er findet, es ist seine Pflicht, mir oder dem Herrn Pfarrer irgendwelche mißlichen Vorkommnisse zu melden, so geht das keinen andern was an.‹

Das schien meinen sauberen Herrn nüchtern zu machen. Wohlgemerkt, ich sage nicht, daß mit ihm etwas unheilbar in Unordnung war. Er war ein erstklassiger Gärtner. Das gebe ich Ihnen ohne weiteres zu. Aber schließlich hatte er ja auch eine ungewöhnlich gute Stellung erwischt – einen erstklassigen Lohn und keine Sorgen um Milch, Holz, Kohlen und die Miete für das Haus. Aber so ein Geschrei zu machen; und dabei der Herr Pfarrer so hinfällig und alles. Das hat er bestimmt nicht gedacht, unser Reverend, als er uns alle in seinem Testament erwähnte, davon bin ich fest überzeugt. Wie gesagt, da stand er nun und sah zum Fenster rein, und ich hinter dem Tisch, mit der Schürze um und so ruhig, als ob mich sein Geschimpfe genauso wenig interessierte wie der Wind im Schornstein. Ich nehme an, es war das Wort ›melden‹, das ihm den Wind aus den Segeln genommen hatte. Es brachte ihn zum Stehen wie ein Eisenbahnpuffer bei der Endstation. Und er sah mich ununterbrochen an und brütete darüber nach, als ob er Gift auf der Zunge hätte.

Dann sagte er ganz ruhig: ›Sieh mal an, *das* ist also sein kleines Spielchen, was? Dann seid ihr also ein Pärchen?‹

›Wenn Sie mit dem Pärchen *mich* meinen sollten‹, sagte ich, ›nun, ich bin bereit, mir die Jacke anzuziehn, wenn sie mir mal paßt, aber früher nicht. Vielleicht ist George ein bißchen zu weit gegangen, aber er hat's bestimmt nur gut gemeint, und das wissen Sie auch ganz genau.‹

›Was ich von Ihnen wissen will, ist eins‹, sagte unser Freund, ›haben Sie mich schon jemals besoffen gesehn? Antworten Sie gefälligst!‹

›Wenn mir Ihr Ton besser gefallen würde‹, antwortete ich, ›würde ich sagen, daß ich nicht einsehe, warum es immer gleich das *Schlimmste* sein muß.‹

›Hää? Dann meinen Sie also, ja?‹ sagte er darauf.

›Ich meine nichts anderes, als was ich gesagt habe‹, erklärte ich ihm und sah ihn über die Essig- und-Öl-Menage genauso offen an, wie ich Sie jetzt ansehe. ›Ich habe nicht die Absicht, mich in Ihre Privatangelegenheiten einzumischen, und ich wäre Ihnen dankbar, wenn *Sie* sich auch in meine nicht einmischen würden.‹ Das schien ihn ein bißchen einzuschüchtern, und es fiel mir auf, daß er etwas gedrückt und hohläugig aussah. Schlaflose Nächte vielleicht.

Aber wie sollte *ich* schließlich wissen, daß sein teurer Enkel an einer Halsentzündung erkrankt war, und daß – wenn man bedenkt, daß er ja bis vor einer Minute noch nichts davon erwähnt hatte? Ich frage Sie. ›Das Beste, was Sie und George tun können‹, fuhr ich fort, ›ist, die Streitaxt zu begraben – und zwar möglichst nicht in Hörweite vom Haus, wenn ich bitten darf.‹

Das waren meine Worte. Ich drehte mich um und ging selber ins Haus. Ihn ließ ich stehen, damit er sich alles in Ruhe überlegen konnte. Und nun frage ich Sie, Sir, als unparteiischen Zeugen: was hätte ich anderes tun können?«

Inzwischen war in unserm höhlenähnlichen Wartesaal kaum noch eine Spur von Tageslicht vorhanden. Nur die verglimmende Glut des Kaminfeuers und das fahle Leuchten, das von einer winzigen Gasflamme in den Glühstrümpfen des großen eisernen Wandarms über unsern Köpfen herrührte. Auf seine letzte Frage schien mein Realist tatsächlich eine Antwort haben zu wollen. Aber während ich in sein fragendes kleines Gesicht sah, fiel mir nichts Rechtes ein, was man irgendwie mit nützlich hätte bezeichnen können.

»Wenn er um seinen Enkel so besorgt war«, sagte ich schließlich vorsichtig, »erklärt das vielleicht auch zum Teil sein heftiges Aufbrausen. Außerdem... Aber ich würde gerne hören, was dann geschah.«

»Was dann geschah?« wiederholte der kleine Mann, während er behutsam die rechte Hand aus den Tiefen seiner Tasche zog und sich damit über das Gesicht fuhr, als habe er plötzlich entdeckt, daß er müde war. »Tja, eine ganze Menge kam danach, aber nicht ganz das, was man vielleicht erwartet hätte. Denn Sie würden doch wohl kaum so weit gehen, zu behaupten, daß die Sorge um seinen Enkel als Entschuldigung für etwas gelten kann, was dicht an Totschlag grenzte, noch dazu, wo er ein ganzes Ende größer war. Nehmen Sie's mir nicht übel, aber Tatsache ist, daß unser Freund meinem George am selben Abend bei den Ställen auflauerte. Und es war doch ein so wunderbarer, friedlicher Abend, wie ihn sich die Hirten erträumen und so. Aber davon war im Gesicht des jungen Mannes und seinem ganzen Aussehen nach zu urteilen, nicht viel zu sehen, als er nach einer Viertelstunde, welche die beiden miteinander verbracht hatten, wieder ins Haus zurückkam.

›Wasch es ab, George, wasch es ab‹, sagte ich zu ihm. ›Wenn wir Glück haben, wird der alte Herr vielleicht gar nichts Verdächtiges bemerken.‹ Ich hielt es nicht für gut, ihm freizugeben und mich auf lauter alberne Ausreden einzulassen, was die Sache zum Schluß vielleicht nur noch schlimmer gemacht hätte. An all das muß ein Mann in meiner Stellung denken. Aber darin, daß der Pfarrer, wenn wir Glück hätten, nichts merken würde, behielt ich leider unrecht.

Denn als wir beide an dem Abend aus dem Eßzimmer gingen, nachdem wir das schmutzige Geschirr abgeräumt hatten und das Dessert aufgetragen worden war, schaute er um die Kerzen herum und forderte George auf, dazubleiben. Nach ungefähr einer Viertelstunde kam George schnüffelnd zu mir, als ob er geweint hätte. Aber ich stellte keine Fragen – wo werd ich denn. Und von sich aus rückte er, wie gesagt, immer ziemlich langsam mit der Sprache heraus. Alles, was ich aus ihm rauskriegen konnte, war, daß er wegen seines Aussehens irgendeine wilde Geschichte erfunden hatte, die kein vernünftiger Mensch glauben konnte. Ganz abgesehen davon, daß er gar nicht imstande war, der Wucht von Fragen standzuhalten, die der alte Herr stellen konnte, wenn man ihn reizte – was meiner Meinung nach nur vom Lesen von so vielen Büchern kommt. Also das Öl *war* im Feuer, nichts daran zu tippen. Und das nächste, was ich hörte, als ich am darauffolgenden Abend spät nach Hause kam, war, daß unser Mr. Mengus ins Haus gerufen und Knall und Fall entlassen worden war. Statt die Kündigungsfrist einzuhalten, bekam er seinen Lohn für ein Vierteljahr ausgezahlt, was unter diesen Umständen, verstehen Sie, zu Dreiviertel ein glattes Geschenk war. Was ich damit sagen will, ist, daß edel ist, wer Edles tut, und das war unser Reverend von Kopf bis Fuß. Obwohl ich auch der Meinung bin, wissen Sie, daß selbst Geld nicht alles ist, wenn man etwas in Rechnung stellen muß, was mit Charakter bezeichnet wird. Aber wenn es je einen von feiner Qualität und aufrechter Handlungsweise gegeben hat, war es Reverend Somers. Und dabei bleibe ich. Mit einem Trunkenbold von

Gärtner, der außerdem noch unverschämt ist, wollte er nichts zu tun haben. Und damit basta.

Aber was soll ich Ihnen sagen, am selben Abend kam unser Freund daher, bis ins Mark erschüttert und aschgrau, und klopfte am Hintereingang. Ich habe ihm gesagt – und ich habe es auch wirklich so gemeint –, daß es mir leid täte, was da geschehen sei. ›Ein trauriges Ende‹, sagte ich, ›für eine Geschichte, die nie hätte erzählt werden sollen.‹ Ich sagte ihm auch – und ich sprach so ruhig und freundlich, wie ich jetzt mit Ihnen spreche –, daß es nur noch eine Rettung gäbe: zu vergessen, was geschehen sei. Und er solle es lieber nicht auf die Spitze treiben, da er sich schon einmal an George vergriffen hätte. Aber er hörte gar nicht hin, sondern sagte in vollem Ernst – und in diesem Moment war er ganz nüchtern –: ›Ist mir scheißegal, was passiert – aber mit *dem* rechne ich noch ab, hier oder im Jenseits.‹ Ja, und mich hat er dann auch noch erwähnt, nur nicht ganz so rabiat. Dabei ein respektierlicher Mann; nichts gegen ihn zu sagen, bis dahin. Und schon ungefähr an die Sechzig. Und mit rabiat meine ich nicht laut. Er sprach so leise und ruhig wie beim Verhör; als stünde er vor einem Richter, der das Urteil gesprochen hat, und alles ist vorüber. Und dann...«

Der alte Kauz machte eine Pause, bis ein anderer fahrplanmäßiger Expreßzug vorbeigedonnert war.

»Und dann«, nahm er den Satz wieder auf, »muß

er schnurstracks rübergerannt sein. Allerdings hat man ihn erst am nächsten Morgen gefunden – und keinem Menschen adieu gesagt. Er muß, wie ich sage, schnurstracks rübergerannt sein in die alte Scheune und sich erhängt haben. Am mittleren Dachsparren, Sir, und mit einer Wucht, die für einen Riesen Goliath gelangt hätte. Die ganze Nacht hing er da. Und ich bin überzeugt – Abschied hin, Abschied her –, daß es weniger wegen der *Schande* bei der ganzen Geschichte war, als wegen seiner Tochter – Mrs. Shaw mit Namen – und seinem Enkel, die ihm schwer auf der Seele lagen. Und trotz allem – *eins* versteh ich nicht: warum hat er mich nie gebeten, ein gutes Wort für ihn einzulegen? Nicht ein einziges Mal!

Sehn Sie, damit war die Geschichte nun zu Ende. Zunächst wenigstens. Es ist nämlich was ganz Merkwürdiges bei mir – die Römisch-Katholischen sollen sich übrigens auch nicht scheuen, davon Gebrauch zu machen –, wie sich alles irgendwie klärt, wenn ich in Gedanken so die Vergangenheit nochmal an mir vorbeiziehen lasse. Aber eigentlich war es das, was Sie da eben *solide* genannt haben, was meine Gedanken in Bewegung gesetzt hat und mir unentwegt im Kopf rumgeht. ›Solide‹ war das Wort, das Sie gebraucht haben. Und solide sehen die Möbel auch tatsächlich aus, da bin ich ganz Ihrer Meinung.« Er senkte nachdenklich den Kopf und warf einen ausgiebigen Blick auf die Bank, auf der er saß. »Was aber noch lange nicht heißen will, daß sie auch sehr bequem sein müssen, und wenn sie noch so solide sind. Aber solide oder nicht – zum Schluß verschwinden sie dann doch, wenn sie ausgedient haben. Und was bleibt, ist nicht viel mehr als ein bißchen Gas und Asche, wenn sie mal zerbrochen sind und ins Feuer wandern. Was im übrigen auch für die gilt – und zwar noch viel mehr –, die auf ihnen sitzen. Auch so eine komische Angewohnheit – das Sitzen! Ja, man hat mir gesagt, Sir, daß das, was nach der Kremation, wie man das nennt, noch von uns übrigbleibt, wenn alle Feuchtigkeit in uns in Dampf aufgegangen ist, auf der Waage kaum eine einzige *Hunze* ausmachen soll!«

Wenn das Sitzen schon eine so komische Gewohnheit ist, so war es noch viel komischer, wie vaporisierend das falsch plazierte H vor der Unze meines neuen Bekannten wirkte. Es war der erste und einzige Lapsus, den er sich diesbezüglich während seines endlosen Monologs leistete.

»Es heißt sogar, daß wir, was das *Solide*, das Feste bei uns angeht, glatt in einer Walnußschale Platz hätten. Und meine Meinung, Sir, ist *die*:«–hier verlieh er seiner Rede mit einem Zeigefinger Nachdruck, der gerade nur so eben noch aus dem langen Ärmel seines Überziehers herausschaute –, »wenn *das* alles ist, was Sie und ich sind, brauchten wir eigentlich nicht viel Material, was unsere äußere Form angeht, wenn Sie mir folgen können, falls es uns belieben sollte oder wir die Möglichkeit hätten, zurückzukehren. Nachdem wir abgetreten sind, meine ich. Gerade soviel, würde ich sagen, um, wie der Herr Pfarrer sich auszudrücken beliebte, für das nackte Auge noch erkennbar zu sein.

Aber, wie dem auch immer sein mag – also die ganze Geschichte war vorbei. George war so ziemlich wieder in Ordnung, und eine Annonce für einen neuen Gärtner aufgegeben – und ich muß sagen, der Pfarrer behandelte die junge Frau, von der ich sprach, wie ein Vater, obwohl er nach dieser gräßlichen Affäre nie mehr ganz derselbe war –, ich sage, die ganze Geschichte war vorbei, und im Haus war's wieder so still wie im Grab, ach, es war ja selber ein Grab, als mir etwas Merkwürdiges aufzufallen begann.

Zuerst war's vielleicht noch ein bißchen stiller als nur still. Was ich, unter uns gesagt, im Gegenteil für *Frieden* hielt. Aber nachher nicht mehr. Es lag sowas wie eine Spannung in der Luft, während man seiner täglichen Beschäftigung nachging. Eine richtige Spannung. Und besonders nach Einbruch der Dunkelheit. Kann sein, daß es auch nur Einbildung war. Schwer zu sagen. Aber *da* war es. Und ich konnte beobachten, ohne mir was anmerken zu lassen, daß es sogar George aufgefallen war, der doch sonst nicht mal merkt, wenn 'ne Schabe auf dem Eierkuchen sitzt.

Und dann geschah schließlich tatsächlich etwas

ganz Konkretes, etwas, das man sozusagen auf frischer Tat ertappen konnte. Es war ein brühend heißer Tag gewesen, und ich war ein bißchen in die Abendkühle rausgegangen, um etwas Luft zu schnappen. Nicht ganz eine Meile hinter dem Pfarrhaus war eine Stelle mit einem Buchenwäldchen, und wie Sie vielleicht wissen werden, Sir, ist das ein sehr angenehmer Baum für Schatten. Dort saß ich denn ein paar Minuten still, mit den Vögeln und so – sie hatten gerade nochmal angefangen zu singen, wie ich mich erinnere – und – na, Sie wissen ja, wie die Erinnerung manchmal so zurückschweift. Manchmal benimmt sie sich allerdings eher wie eine Ziege, die auf einer Gemeindewiese an einen Holzpflock festgebunden ist – und dachte darüber nach, wie komisch das ist: wie oft doch des einen Uhl des andern Nachtigall ist. Denn nachdem die Beerdigung vorbei war, hatte sich der alte Herr für alles, was ich getan hatte, bei mir bedankt. Sehen Sie, was da vorher alles passiert war, hatte sein Vertrauen in die Menschen schwer erschüttert, und er schaute fast mit Tränen in den Augen aus seinem Bett zu mir auf. Er würde es nicht vergessen, hat er gesagt. Und er hat das Wort ›substantiell‹ gebraucht, Sir. Von Rechts wegen hätte ich schon vorher erwähnen sollen, daß er in der Nacht nach dem Verhör krank wurde; der Doktor nannte es eine Art Schlaganfall, von dem er sich allerdings, wenn man sein Alter bedenkt, erstaunlich schnell wieder erholt hat.

Über das alles hatte ich, wie gesagt, dort am Rande des Wäldchens nachgedacht, und spazierte den Wiesenpfad entlang nach Hause zurück, als ich plötzlich, wie von einer inneren Stimme getrieben, aufschaute und etwas sah, was ich da, an der Stelle, das schwör ich Ihnen, nie zuvor gesehen hatte – eine Vogelscheuche. Eine *Vogelscheuche!* Und *das* mitten im Kornfeld, welches hinter dem Haus am andern Ufer des Bachs mit den Binsen lag. Sie werden vielleicht sagen, das sei doch nicht so was Besonderes. Was ja auch stimmt. Aber Sie müssen bedenken, daß es schon Anfang September war und die Stoppeln in der Sonne bleichten, wobei das Ding zu alledem nicht mal wie eine *alte* Vogelscheuche aussah. Mit ausgebreiteten Armen stand sie da, platsch, mitten auf dem Feld, einen alten Hut über die Augen gezogen, mit dem Rücken zu mir, und die Vorderseite dem Hause zugekehrt. Ich kannte dieses Feld so gut wie mein eigenes Gesicht im Spiegel. Also, wie konnte mir dieses Ding da entgangen sein? Darum war es auch weiter gar kein Wunder, daß ich wie angewurzelt stehenblieb und es lange und eingehend anstarrte. Erstens, weil ich es, wie gesagt, vorher nie dort hatte stehen sehen, und zweitens, weil – aber darauf komme ich später noch zu sprechen.

Nachdem ich das ausgiebig getan hatte, ohne jedoch befriedigt zu sein, kehrte ich um. Ich ging ein kleines Stück zurück und an der andern Seite

der Hecke entlang, bis ich schließlich kurz darauf zu Hause ankam. Ich stieg in das obere Stockwerk hinauf, um von dort aus durch das Fenster nochmal einen Blick auf das Ding zu werfen. Denn man weiß ja bei so Leuten vom Lande nie, was sie im Schilde führen – auch wenn sie noch so blöde aussehen. Von hier aus gesehen, stand es nicht ganz so in der Mitte, wie es mir von der andern Seite her vorgekommen war. ›Freundchen‹, dachte ich bei mir, ›wie hättest du mir entgehen können, wenn du schon den ganzen Sommer über dort gewesen wärst?‹ Es wäre gar nicht möglich gewesen, das steht fest. Aber wenn das nicht der Fall war, mußte es erst ganz kürzlich dort aufgestellt worden sein.

Am nächsten Morgen dachte ich kaum noch daran; aber als es Nachmittag wurde, ging ich nach oben, um es mir noch einmal anzusehen. Der Hitzedunst, oder so was Ähnliches, war nicht mehr ganz so dicht, und ich konnte es deutlicher und sozusagen näher sehen, aber doch noch immer nicht ganz deutlich. Darum rannte ich schnell in das Arbeitszimmer von unserm Reverend – er war noch immer ans Bett gefesselt, der arme Herr – aus dem er übrigens nie mehr aufgestanden ist – ich rannte also, wie gesagt, schnell in sein Arbeitszimmer, um mir seinen Feldstecher, sein Bonikel, zu holen, und richtete ihn auf diese Vogelscheuche wie ein Mikroskop auf eine Fliege. Sie werden mir glauben, Sir, wenn ich Ihnen sage, daß das, was mir damals so ungewöhnlich daran vorkam – so anders, als man es erwartet –, der Umstand war, daß sie einfach nicht *echt* aussah, wie andere Vogelscheuchen.

Durch den Fernstecher konnte ich sie so deutlich sehen, wie zum Greifen nah – sogar bis auf die Knöpfe und das Hutband. Auch diese *Kleider* hatte ich nicht zum ersten Mal gesehen, obwohl ich nicht hätte sagen können, wo. Und es lag etwas in der Haltung dieses Gestells, etwas in der Art und Weise, wie es sich aufrecht hielt sozusagen, mit seinen himmelwärts ausgebreiteten Armen und seinem leeren Gesicht, das gar nicht zu dem paßte, was man bei einem solchen Gestell aus einfachen Stükken und Lumpen erwarten würde. Ich meine, nicht, wenn es wirklich nichts als Stöcke und Lumpen gewesen wäre – so wie der Stuhl, auf dem Sie da gerade sitzen, wirklich ein Stuhl ist, meine ich.

Ich rief George. ›George‹, sagte ich zu ihm, ›richte mal deinen Blick durch diesen Fernstecher‹ – und sein Gesicht war noch immer ein bißchen verfärbt, obgleich seine Affäre bei den Ställen inzwischen schon gute drei Wochen her war. ›Wirf mal einen Blick da durch, George, und sag mir dann, für was du das *Ding* da drüben hältst.‹

Wenn es je einen schwerfälligen, langsamen Peter gegeben hat, war es George – und noch ungeschickt außerdem. Aber endlich hatte er das Glas doch eingestellt und hielt es lange vor die Augen. Dann gab er's mir wieder zurück.

›Na? Für was hältst du das?‹ fragte ich ihn und beobachtete sein Gesicht.

›Wofür soll ich es schon halten, Mr. Blake?‹ – damit meinte er mich – ›das ist eine Vogelscheuche.‹

›Möchtest du sie dir nicht mal etwas näher ansehen?‹ fragte ich ihn, ohne mir weiter was dabei zu denken.

Er sah mich an. ›Durch die Dinger hier ist es nah genug!‹ sagte er dann.

›Kommt dir die Luft um das Ding da nicht *auch* ein bißchen komisch vor?‹ fragte ich ihn. ›Ganz besonders komisch, meine ich – *zitterig*, könnte man fast sagen.‹

›Das ist nur die Hitze‹, sagte er; aber seine Lippen bebten.

›Ganz egal, George‹, sagte ich, ›Hitze hin, Hitze her, einer von uns, du oder ich, muß sich das Ding da bei Gelegenheit mal näher ansehn. Aber heute nachmittag nicht mehr. Heute ist es schon zu spät.‹

Doch das taten wir nicht, Sir, weder ich, *noch* er, obwohl ich fast sicher bin, daß er zwischendurch von sich aus dran gedacht hat. Und was soll ich Ihnen sagen, Sir, als ich am nächsten Morgen ziemlich zeitig aufstand und aus meinem Schlafzimmer geschlüpft war, um in den Korridor zu laufen und schnell nochmal einen Blick auf das Ding zu werfen, und – also glauben Sie mir, Sir, wenn man so in den Morgen hinaus sah, lag das Land so still und offen vor einem wie eine Landkarte – da war es nicht mehr da. Die Vogelscheuche, Sir. Sie war nicht mehr da. Sie war spurlos verschwunden. Auch vom Parterre aus konnte ich sie durch die Büsche diesseits des Baches nicht erblicken. Alles war so still und früh. Man konnte sogar den Bach plätschern hören, wenn man am Hintereingang stand. ›Nanu‹, denke ich bei mir selber, ›wer hat denn *diesen* Hokuspokus nu wieder veranstaltet?‹

Aber es ist nicht gut in dieser Welt, Sir, einer Sache mehr Gewicht beizulegen, als sie in Wirklichkeit wert ist. *Das* müssen Sie mir doch zugeben. ›Wahrscheinlich ist während der Nacht irgendein Bauernknecht dahergekommen und hat das olle Mummelding weggetragen‹, dachte ich bei mir. Aber wenn dem so ist, warum hat man es dann überhaupt erst hingestellt? Die Ernte war ja schließlich vorüber, müssen Sie bedenken, und die Krähen, sollte man meinen, willkommen, das aufzupicken, was sie zwischen den Stoppeln finden konnten – falls sie es nicht schon vorher aufgepickt hatten, wie die Drosseln beim Haus die Krümel. Außerdem, was hatte es mit dem komischen Aussehen von dem Ding da auf sich?

Am nächsten Tag ging ich nicht vor die Tür, nicht einen Schritt. Nur George und ich waren im Pfarrhaus, und der Herr Pfarrer lag in seinem Zimmer – sowas von heiliger Stille habe ich nie wieder erlebt. Und der Himmel wie ein luftdicht abgeschlossenes Gewölbe. Vierunddreißig im Schatten auf dem Dingsda an der Veranda, und das am vierten September. Den ganzen Tag über, und das kann ich beschwören, lagen die ganzen zwanzig Morgen Acker öde da, bis auf die Kiebitze und Krähen, die darauf hin und her liefen. Und als die Sonne an diesem Abend unterging und der herbstliche Vollmond aufstieg – und in diesem Sommer erschien er den ganzen Monat hindurch pünktlich wie eine Uhr –, konnte man ohne weiteres über das flache Land weg bis zu den Hügeln rübersehn. Und die Nachtschwalben kreischten. Man hätte die Hitze mit dem Messer schneiden können.

Kaum hatte man dem alten Mann die Haferschleimsuppe raufgetragen, und George war aus dem Wege, warf ich schnell noch mal einen Blick aus den oberen Fenstern. Und ich muß bekennen, Sir, daß mir etwas in meinem Innern eine Art *Schlag* versetzte, als ich sah, daß die Vogelscheuche in ihrer vollen Größe wieder zurückgekommen war. Hier ist allerdings der Moment, wo ich Sie bitten muß, mir sehr genau zu folgen. Was ich nämlich in der Sekunde sah, bevor ich näher hinschaute – und das kann ich beeiden –, war etwas, das sich bewegte, und zwar ziemlich schnell sogar. Und erst in *dem* Augenblick, wo ich das Glas darauf richtete, erstarrte es plötzlich zu dem, was ich bereits *erwartet* hatte. Mir ist es schon öfter mal so ergangen – wenn es auch bei kleinen Dingen nicht so sehr drauf ankommt. Es ist nur Ihre eigene Phantasie, die Sie schon vorher warnt, daß das, was Sie sehen werden, dann auch tatsächlich *das* ist, was Sie erwartet haben. Denn wieso sollten wir sonst vor solchen *festen* Körpern hier manchmal so erschrecken? Sie sehen zwar fest aus, aber *sind* sie es auch wirklich?

Sie könnten einwenden, daß beides, das Etwas und auch die Vogelscheuche, nur reine Hirngespinste von mir gewesen sind. Aber das werden wir später noch sehen. Und was ist mit George? Sie werden mir doch nicht einreden wollen, daß er sich ein fertiges Hirngespinst von mir ausgeborgt hätte, um es mitten im Feld in eine Vogelscheuche zu verwandeln, und noch dazu am hellichten Tag! Das wäre ja wirklich das reinste Jägerlatein. Ja, und dann noch in der Form, wie wir's gesehen haben? Nein, nein. Doch, wie gesagt, sie hatte mir schon auf den ersten Blick viel zu *lebendig* ausgesehen, um echt zu sein. Da haben Sie nun zwei auf der einen Seite, und zwei auf der andern, und doch macht es nicht vier.

Wissen Sie, Sir, ich muß Ihnen offen sagen, daß mir die ganze Geschichte von dem Moment an äußerst mißfiel; und ich habe noch niemals eine so stumme Mahlzeit erlebt wie an diesem Tag, als George und ich beim Abendbrot saßen. Sein Appetit war gleich Null, wo er doch sonst so ein gewaltiger Esser war. Er kaute und kaute, aber er konnte nicht schlucken. Ich bezweifle, daß er überhaupt was geschmeckt hat. Und wir wußten beide ganz genau, woran der andere dachte, als hätte es gedruckt auf dem Tischtuch gestanden.

Es geschah, während wir dort saßen, George und ich allein – er rechts, gegenüber vom Fenster, und ich auf der Geschirrschrankseite – in der Gesindestube, wie sie genannt wurde –, daß wir Worte hörten. Nichts, was man hätte verstehen können, aber dennoch Worte. Ich wußte nicht, woher, und ich wußte nicht, was, nur, daß sie nicht vom Pfarrer kamen. Aber sie fielen über uns her und zwischen uns, als wäre ein Papagei im Zimmer, der mit seinem hornigen Schnabel sozusagen unbeweglich in der Luft rumklappert. Da hörte George endgültig auf zu kauen, und sein Gesicht sah fast grün aus. Aber außer einem hörbaren Aufschlucken in meinem Innern ließ ich mir nichts anmerken, daß ich was gehört hatte. *Mir* machte es schließlich nichts weiter aus. Obwohl, was da vor sich ging, gelinde gesagt, durchaus nicht alles so war, wie es sein sollte. Und wenn Sie das alte Pfarrhaus kennen würden, müßten Sie mir recht geben.

Als es Schlafenszeit war, nahm George seine Kerze und ging hinauf, um zu Bett zu gehen. Nicht ganz so bereitwillig wie gewöhnlich, wie mir schien, obgleich er sonst in der Beziehung ein Schlemmer gewesen war, wenn es um sein volles Maß an Schlaf ging. Man konnte am Geräusch seiner Füße auf der Treppe merken, daß er sich sozusagen nur mühsam hinaufschleppte. Was mich betrifft, so war es immer meine Gewohnheit gewesen, noch ein Weilchen aufzubleiben, nachdem er gegangen war, und ein bißchen in der *Times* vom Herrn Pfarrer zu lesen. Aber an diesem Abend zog ich mich früh zurück. Ich warf noch einen Blick zum alten Herrn hinein, und bei dieser Gelegenheit könnte ich auch gleich erwähnen – also säumig ist nicht das richtige Wort für diese Ärzte, auch wenn man sie *noch* so rechtzeitig ruft –, ich meine, es war nach einer Krankenpflegerin geschickt worden, und seine Schwester wurde jetzt täglich aus Schottland erwartet. Da drin war alles in Ordnung, und er lag so friedlich in seinem Bett, als wäre das Ende schon gekommen. Und dann, Sir, als ich durch den Korridor zurückkam, pustete ich meine Kerze aus, blieb stehen und wartete. Die Kerze gelöscht, strömte der Mond herein, und die Außenwelt breitete sich unter mir fast so hell aus wie am Tage. Ich schaute hierhin, ich schaute dorthin, nach hinten, nach vorn, aber nichts war zu sehen, noch zu hören. Und dennoch schien es nicht länger als einen tiefen Atemzug lang her zu sein, daß ich an diesem Abend die Augen zugemacht hatte, als ich plötzlich wieder hellwach war und versuchte, mir über ein Geräusch klar zu werden, das ich gehört hatte.

Alte Häuser – an sowas bin ich gewöhnt. Und

daß die Balken knacken wie ein Bienenstock. Aber das waren nicht die Balken, o nein! Vielleicht war es der Wind, werden Sie sagen. Aber wie hätte es der Wind sein sollen, wo sich doch keine Handbreit Wolken am Himmel bewegten und ein derartig greller Mondschein, daß die kleinste Feldmaus sich gehütet hätte, den Kopf aus ihrem Loch zu stecken. Im übrigen trägt es auch nicht gerade zu einem guten nächtlichen Schlaf bei, wenn man nicht sicher ist, ob das, was man da gehört hat, außerhalb oder nur im eigenen Kopf gewesen ist. Doch dann schlief ich schließlich unwillkürlich wieder ein.

Am nächsten Morgen, als George zurückkam, nachdem er das Frühstückstablett raufgetragen hatte, sah ich ihn mir dann bei Tageslicht mal ganz genau an; aber es war nicht festzustellen, ob die blauen Ringe um seine Augen natürlich waren – ich meine, noch daher rührten, was er mit dem andern vorgehabt hatte – oder von *Schlaflosigkeit*. ›Laß dir lieber nichts anmerken‹, dachte ich; ›warte lieber.‹ Also wünschte ich ihm einen guten Morgen und goß den Kaffee ein, und wir setzten uns wie gewöhnlich zum Frühstück, und auch die Wespen kamen hereingeflogen wie immer und setzten sich auf die Konfitüre, als wäre gar nichts passiert.

Alles war still an diesem Tag; eher noch stiller, wie das so in Häusern ist, wo einer krank liegt. Der Arzt ging zwar ein und aus, aber eine Pflegerin war immer noch nicht da; dabei fand ich, daß der alte Herr sehr leidend aussah. Trotzdem sprach er recht munter mit mir. Er war wieder ganz der alte, mich wegen der doppelten Arbeit zu bedauern, die ich jetzt im Hause zu leisten hatte. Auch nach dem Garten erkundigte er sich, obwohl er doch eine schöne dunkelblaue Traube, so groß wie die aus Kanaan, auf einem grünen Teller vor sich hatte. Es war die Trockenheit, wo ihn beunruhigte. Und gerade als ich aus dem Zimmer gehen wollte, ich hatte die Hand schon auf der Klinke, machte er mir noch ein paar Komplimente darüber, daß ich so lange bei ihm geblieben war. ›Das ist mit keinem Geld der Welt gutzumachen‹, sagte er zu mir und lächelte fast verschmitzt dabei, mit seinem Bart über der Decke.

›Ich will nur hoffen und wünschen, Sir‹, sagte ich zu ihm, ›daß solche Sachen nicht mehr vorkommen, solange ich bei Ihnen bin.‹ Aber schon während ich diese Worte aussprach, hatte ich das bestimmte Gefühl, daß er es nicht mehr lange machen würde; so daß Unannehmlichkeiten, wenn sie kommen täten, ihm im Grunde nicht mehr viel anhaben konnten. Ich begreife gar nicht, wie klar man die Dinge oft sieht, wenn sie auf ihr Ende zutreiben. Doch ich bin froh, muß ich sagen, daß man das, was geschah, bis zu seinem Ende von ihm ferngehalten hat.

In derselben Nacht tönte plötzlich etwas durch

das Haus, das nichts Natürliches hatte, und das war keine Täuschung. Ich hatte noch nicht richtig geschlafen und war mit einem Satz aus dem Bett, sobald ich es hörte. Mit Windeseile zog ich meinen Frack über das Nachthemd. Licht brauchte ich keins. Ich nahm auch meinen Wintermantel mit, den mir der Herr Pfarrer persönlich vererbt hatte – diesen Überzieher hier, den ich jetzt anhabe. Den über dem Arm, stieß ich die Tür auf und schaute dann zu George ins Zimmer. Kann sein, daß er mich hatte kommen hören – oder auch das andere –, ich konnte nicht sagen, was. Jedenfalls saß er hochaufgerichtet in seinem Bett. Der Mond schien durchs Fenster auf sein langes bleiches Gesicht und sein zerzaustes Haar, und seine Hosen mit den Hosenträgern hatte er irgendwie neben seinem Bett über einen Stuhl geschmissen.

›Was ist los, George? Hast du irgend was gehört?‹ fragte ich ihn. ›Vielleicht eine Stimme oder sonst was?‹

Er aber glotzte mich nur mit offenem Munde an, als könnte er ihn gar nicht mehr zukriegen, und ich sah, daß er bis ins tiefste Mark erschüttert war. Jetzt, denken Sie, saß ich in demselben Schlamassel, wie man das nennt, wie zuvor. Was ich gehört hatte, konnte Wirklichkeit sein – irgendein Tier vielleicht, ein Fuchs, ein Dachs oder dergleichen, der draußen herumschlich – oder auch nicht. Wenn nicht, war ja das Haus exerziert worden, wie ich sagte, obgleich das schon sehr lange zurücklag, und Ehrwürden noch auf dieser Welt, was mir ein gewisses Vertrauen gab, daß das, was immer da sein mochte – *wenn* es wirklich etwas sein sollte –, nicht herein könnte. Aber ich war natürlich in einer Art Fieber, wie Sie sich denken können.

›George‹, sagte ich zu ihm, ›du mußt dich vorsehen, daß du keine Erkältung oder sowas erwischst‹ – in den frühen Morgenstunden war es nämlich etwas kühl geworden. ›Aber es ist an uns, George, es ist einfach unsere Pflicht – unser Herr Pfarrer an der Schwelle des Todes und alles – rauszufinden, was da los ist. Also, wenn du draußen die Runde machen willst, sehe ich überall hier drinne im Haus nach. Aber wir müssen vorsichtig sein, daß der alte Herr ja nicht gestört wird.‹

George starrte mich unentwegt an, wenn er es auch inzwischen fertiggebracht hatte, aus dem Bett zu klettern und meinen Überzieher anzuziehen, den ich ihm gereicht hatte. Seine Stiefel in der Hand, stand er da und schlotterte; aber vielleicht weniger, weil er den Sinn meiner Worte voll erfaßt hatte, wohl eher, weil ihn jetzt, nach der Bettwärme, fröstelte.

›Glauben Sie, Mr. Blake...‹, fragte er mich, während er sich wieder auf sein Bett setzte, ›...Sie glauben doch nicht, daß er zurückgekommen ist?‹

Zurückgekommen hatte er gesagt. Es war ihm so herausgefahren. Und nach dem Zittern seiner Lippen hätte man tatsächlich meinen können, ich wäre imstande gewesen, es zu verhindern!

›Aber George, *wer* soll denn schon zurückkommen?‹ fragte ich ihn.

›Na das, was wir durch den Feldstecher auf dem Feld gesehen haben‹, antwortete er. ›Es hat doch ausgesehen wie *er*.‹

›Hör mal zu, George‹, sagte ich, und ich sprach so ruhig und sanft mit ihm wie mit einem Kind, ›man weiß sehr gut, daß Tote nichts erzählen können, und Vogelscheuchen schon gar nicht. Nur müssen wir uns unbedingt vergewissern. Tu also, was ich dir aufgetragen habe, mein Junge. *Du* siehst draußen nach, und ich übernehme das Haus. Einem Menschen, der ein reines Gewissen hat, wird nie etwas zustoßen, das gibt es nicht.‹

Aber das schien ihn nicht zu befriedigen. Er schluckte einmal ganz laut, stand wieder auf und ließ die ganze Zeit kein Auge von mir. So blöde er auch sonst sein mochte, zuverlässig war George immer gewesen, und seine Pflichten hat er gewissenhaft erfüllt. Und Mut nenne ich nur, wenn man einer Gefahr ins Auge sieht, vor der man eine Todesangst hat, aber nicht, wenn man sich einfach mit geschlossenen Augen hineinstürzt, das muß ich Ihnen sagen.

›Ich möchte lieber nicht da runter gehn, Mr. Blake‹, sagte er. ›Wenigstens nicht allein. Er hat mich nie recht leiden mögen, und er wird mir's bestimmt nochmal heimzahlen, hat er gesagt. Nicht *allein*. Bitte, Mr. Blake!‹

›Was hast du schon zu fürchten, George, mein Junge?‹ sagte ich. ›Mensch oder Gespenst – *dich* trifft doch keinerlei Schuld.‹

Er knöpfte den Überzieher bis oben hin zu – so, wie ich ihn jetzt trage – und warf mir noch einen Blick zu. Es ist schwer zu sagen, Sir, was in den Augen eines Mitmenschen alles geschrieben steht, wenn sie voll von dem sind, was er in Worten nicht ausdrücken kann. Aber George hatte seinen Mund schließlich doch wieder zugemacht. Der Mond schien ihm ins Gesicht und verlieh ihm einen ganz merkwürdigen Ausdruck, weit weg irgendwie, als sei alles von ihm, aus dieser Welt oder der andern, gekommen, um ihm Gesellschaft zu leisten. Das muß ich schon sagen.

Und als die Stille, die sich über das Haus gesenkt hatte, wieder durchbrochen wurde – und diesmal war es *wirklich* nur der Wind, wenn auch hoch oben überm Dach –, sah er mich nicht mehr an. Das war das letzte zwischen uns. Er machte kehrt, ging auf den Korridor hinaus und die Treppe runter. Und ich horchte, bis ich ihn in der Ferne mit dem Riegel an der Hintertür hantieren hörte. Es war nämlich noch eine von diesen altmodischen Türen, müssen Sie wissen, Sir, die lauter Schlösser und Riegel haben, wie in allen alten Häusern.

Was mich betrifft, so rührte ich mich zunächst

nicht. Ich sah keinen Grund, warum ich mich hetzen sollte. Nicht den geringsten. Ich setzte mich erst mal aufs Bett, an die Stelle, wo George eben noch gesessen hatte, und wartete. Und Sie können sich darauf verlassen, Sir, ich verhielt mich mucksmäuschenstill – weil ich doch die Verantwortung hatte und nicht wissen konnte, was am Ende noch alles passierte. Und dann war mir auf einmal, als hörte ich eine Stimme, die etwas sagte – was ganz Gehässiges und Böses. Dann schwieg sie. Danach kam eine Art Stöhnen und dann wieder Schweigen. Aber ich war inzwischen schon aufgestanden und kontrollierte das Haus, wie ich es versprochen hatte, und darum hörte ich auch nichts mehr. Und als ich wieder in mein Zimmer kam, war alles still und friedlich. Ich dachte natürlich, George wäre inzwischen auch wieder sicher in seinem gelandet...«

Seit das Feuer niedergebrannt und das letzte Tageslicht verblaßt war, war das fischähnliche Leuchten der Glühstrümpfe heller geworden. Der ältliche Mann, dessen Name, wie ich aus seiner Erzählung entnahm, Blake zu sein schien, starrte mich aus seinem weißen, in diesem fahlen Licht fast leprableichen Gesicht unverwandt an. Genauso mußte George ihn angestarrt haben, kurz bevor er die Hintertreppe des Pfarrhauses hinabgestiegen war, um, wie ich vermutete, nie wieder seinen Fuß darauf zu setzen.

»Konnten Sie denn dann in dieser Nacht trotzdem noch etwas schlafen?« fragte ich ihn.

Mr. Blake schien von der Harmlosigkeit meiner Frage angenehm überrascht.

»Das war leider der Fehler«, meinte er. »Er wurde erst am Morgen gefunden. Schon kalt, seit Stunden, und verdammt wenig Anhaltspunkte, warum.«

»Dann haben Sie also noch etwas geschlafen?«

Doch diesmal blieb er mir die Antwort schuldig.

»Demnach muß Ihr Anteil ja ziemlich groß gewesen sein, schätze ich.«

»*Anteil?*« sagte er.

»Im Testament...?«

»Aber hören Sie mal«, protestierte er ziemlich hitzig, »ich habe Ihnen doch vorhin ausdrücklich erklärt, daß sich das dann als ein großer Irrtum rausgestellt hat. Weiß der Teufel, warum. Es brauchte ein halbes Dutzend oder noch mehr von diesen Advokaten, um mir das klarzumachen. Und im Grunde genommen weiß ich nicht mal, ob mir das, was ich bekommen habe, viel Ursache zum Frohlocken gibt. Ich bin ein freier Mensch, das ist richtig. Aber für wie lange denn? Es kann ja doch keiner ewig in dieser Welt leben, stimmt's?«

Mit einer seltsam wiegenden Bewegung seines Kopfes sah er sich um und zur Tür hinaus. »Aber selbst wenn man in dieser Welt auch nicht das *kleinste Jota* Böses getan haben mag, für das man sich vor sich selber Vorwürfe machen müßte«, fuhr er fort, »so kann doch immerhin vielleicht manchmal was ganz falsch verstanden werden; und diejenigen, die sich davon haben beeinflussen lassen, stehen dann am Ende in der andern schon da und warten auf einen. Wenn es sich also darum handelt, was der Kapitän der *Hesper*---«

Doch in diesem Augenblick wurde unser ausgedehntes *Tête-à-tête* durch einen stämmigen, lebhaften jungen Bahnwärter unterbrochen, der mit einem Kübel Kohlen in der einen und einem dicken Fidibus aus braunem Packpapier in der andern Hand hereinkam. Er stieg auf einen Stuhl, und durch einen Zug von Zeigefinger und Daumen überflutete er unseren trüben Wartesaal mit einem fast unerträglich grellen Gaslicht. Nachdem er das getan hatte, stocherte er mit einem Stück Eisen, das einmal ein Feuerhaken gewesen zu sein schien, in der aschgrauen Glut herum und schüttete fast den gesamten Inhalt seines Kohlenkübels darauf. Dann schaute er sich um, um zu sehen, wer dort saß. Mich überging er. Ich war nur ein Zufallspassagier. Aber meinen herrenlosen Gefährten begrüßte er, als wären sie alte Bekannte.

»Guten Abend, Sir«, sagte er mit jenem leicht vertraulichen und scherzhaften Tonfall, der auf schnell verdiente, vergangene Gefälligkeiten schließen ließ. »Hab' die Szenerie hier mal ein bißchen beleuchtet. Ich habe Sie erst gar nicht gesehen, als ich reinkam, und mich schon gewundert, wo Sie abgeblieben sein könnten.«

Sein Gönner schmunzelte ihm seinerseits geschmeichelt zu, als läge schon in jeder derartigen unwesentlichen menschlichen Aufmerksamkeit ein eigener Trost. Diesmal suchte der Bahnwärter bewußt meinen Blick, und der seine war sehr vielsagend. Es war gerade, als gäbe es zwischen uns beiden ein kleines ironisches Einverständnis, das die dritte Partei kaum teilen konnte. Ich nahm keine Notiz davon, stand auf und griff nach meiner Tasche. Ein Personenzug fuhr pfeifend und keuchend in die Station ein, und seine vorübergleitenden erleuchteten Fenster warfen ein Muster auf die Holzplanken des Bahnsteigs. Aber leider war es noch immer nicht der meine. Doch – wie die Menschen nun mal sind – ich zog in diesem Augenblick meine eigene Gesellschaft vor.

Als ich bei der Tür angekommen war und das kalte und trostlose Panorama dahinter gewahrte, sah ich mich noch einmal nach Mr. Blake um, der dort in seinem Überzieher neben dem jetzt anscheinend ausgegangenen Feuer saß. Mit einem grenzenlos traurigen Blick und Gesichtsausdruck schaute er mir wie ein verlorener Hund nach. Der Entzug selbst einer so gleichgültigen Gesellschaft wie der meinen schien ihn zu bekümmern. Aber soviel ich sehen konnte, gab es in dieser scheußlichen, gaslichtigen Umgebung nicht das Mindeste, wovor ein normaler Sterblicher möglicherweise hätte Angst haben müssen, weder Totes noch Lebendiges. Also überließ ich ihn getrost dem Bahnwärter. Und bis heute sind wir uns noch nicht wieder begegnet.

Zu den Illustrationen

EDWARD GOREY wurde am 22. Februar 1925 in Chicago geboren. Er diente drei Jahre in der Armee, studierte französische Literatur an der Harvard University, wo er 1950 graduierte. 1953 veröffentlichte er sein erstes Buch *The Unstrung Harp* (Eine Harfe ohne Saiten). Er zog nach New York und arbeitete dort bis 1960 als Art Director für den Verlag Doubleday & Co. 1959 machte der renommierte amerikanische Literaturkritiker Edmund Wilson auf ihn aufmerksam, seit 1961 erscheinen seine Werke im Diogenes Verlag. Inzwischen ist Gorey berühmt als Autor und Illustrator von mehr als 200 Büchern, Buchumschlägen und Posters und erntete dafür Bezeichnungen wie absurd, vergnüglich, düster, nostalgisch, klaustrophob, poetisch, surrealistisch, subtil, versponnen, grotesk, spielerisch, makaber, boshaft, raffiniert, sadistisch, dekadent, hintersinnig, trocken, schauerlich, souverän, einzigartig. Die ›New York Times‹ rückte seine Zeichnungen in die Nähe von Magritte, Max Ernst und Giacometti; Oskar Kokoschka nannte sie »sublim, absurd und mystisch«. Unter den von Gorey illustrierten Autoren finden sich Samuel Beckett, John Buchan, Edward Lear, Saki, Muriel Spark, H. G. Wells und die Brüder Grimm. Goreys Ausstattung verhalf der Broadway-Inszenierung von *Dracula* zum Welterfolg.

Seit 1953 besucht Gorey fast allabendlich die Vorstellungen des New York City Ballets. Er lebt zusammen mit seinen Katzen abwechselnd in New York und in Barnstable, Cape Cod. Die New Yorker Zeitschrift ›Art News‹ sagt von ihm: »Wenn de Sade Beatrix Potter geheiratet hätte, so könnte das Produkt sehr gut Gorey sein.«

Klassiker und moderne Klassiker der angelsächsischen Literatur im Diogenes Verlag

● Eric Ambler
Die Maske des Dimitrios. Roman. Aus dem Englischen von Mary Brand und Walter Hertenstein. detebe 20137
Der Fall Deltschev. Roman. Deutsch von Mary Brand und Walter Hertenstein detebe 20178
Eine Art von Zorn. Roman. Deutsch von Susanne Feigl und Walter Hertenstein detebe 20179
Schirmers Erbschaft. Roman. Deutsch von Harry Reuß-Löwenstein, Th. A. Knust und Rudolf Barmettler. detebe 20180
Die Angst reist mit. Deutsch von Walter Hertenstein. detebe 20181
Der Levantiner. Roman. Deutsch von Tom Knoth. detebe 20223
Waffenschmuggel. Roman. Deutsch von Tom Knoth. detebe 20364
Topkapi. Roman. Deutsch von Elsbeth Herlin. detebe 20536
Schmutzige Geschichte. Roman. Deutsch von Günter Eichel. detebe 20537
Das Intercom-Komplott. Roman. Deutsch von Dietrich Stössel. detebe 20538
Besuch bei Nacht. Roman. Deutsch von Wulf Teichmann. detebe 20539
Der dunkle Grenzbezirk. Roman. Deutsch von Walter Hertenstein und Ute Haffmans detebe 20602
Ungewöhnliche Gefahr. Roman. Deutsch von Walter Hertenstein und Werner Morlang. detebe 20603
Anlaß zur Unruhe. Roman. Deutsch von Franz Cavigelli. detebe 20604
Nachruf auf einen Spion. Roman. Deutsch von Peter Fischer. detebe 20605
Doktor Frigo. Roman. Deutsch von Tom Knoth und Judith Claassen. detebe 20606
Bitte keine Rosen mehr. Roman. Deutsch von Tom Knoth. detebe 20887
Mit der Zeit. Roman. Deutsch von Hans Hermann. detebe 21054
Als Ergänzungsband liegt vor:
Über Eric Ambler. Herausgegeben von Gerd Haffmans. detebe 20607

● Sherwood Anderson
Ich möchte wissen warum. Ausgewählte Erzählungen. Aus dem Amerikanischen von Karl Lerbs und Helene Henze. detebe 20514

● Ambrose Bierce
Die Spottdrossel. Erzählungen und Fabeln. Auswahl und Vorwort von Mary Hottinger. Aus dem Amerikanischen von Joachim Uhlmann, Günter Eichel und Maria von Schweinitz. Zeichnungen von Tomi Ungerer detebe 20234

● James Boswell
Dr. Samuel Johnson. Leben und Meinungen. Mit dem Tagebuch einer Reise nach den Hebriden. Herausgegeben und aus dem Englischen von Fritz Güttinger. detebe 20786

● Ray Bradbury
Die Mars-Chroniken. Roman in Erzählungen. Aus dem Amerikanischen von Thomas Schlück. detebe 20863
Der illustrierte Mann. Erzählungen. Deutsch von Peter Naujack. detebe 20365
Fahrenheit 451. Roman. Deutsch von Fritz Güttinger. detebe 20862
Die goldenen Äpfel der Sonne. Erzählungen. Deutsch von Margarete Bormann detebe 20864
Medizin für Melancholie. Erzählungen Deutsch von Margarete Bormann detebe 20865
Das Böse kommt auf leisen Sohlen. Roman. Deutsch von Norbert Wölfl. detebe 20866
Löwenzahnwein. Roman. Deutsch von Alexander Schmitz. detebe 21045
Das Kind von morgen. Erzählungen Deutsch von Hans-Joachim Hartstein detebe 21205

● John Buchan
Die neununddreißig Stufen. Aus dem Englischen von Marta Hackel. Mit Zeichnungen von Edward Gorey. detebe 20210
Grünmantel. Roman. Deutsch von Marta Hackel. Mit Zeichnungen von Topor detebe 20771
Mr. Standfast oder Im Westen was Neues Roman. Deutsch von Marta Hackel. Mit Zeichnungen von Topor. detebe 20772
Die drei Geiseln. Roman. Deutsch von Marta Hackel. Mit Zeichnungen von Tatjana Hauptmann. detebe 20773

● **W. R. Burnett**
Little Caesar. Roman. Aus dem Amerikanischen von Georg Kahn-Ackermann
detebe 21061
High Sierra. Roman. Deutsch von Armgard Seegers und Hellmuth Karasek. detebe 21208

● **Erskine Caldwell**
Wo die Mädchen anders waren. Ausgewählte Geschichten. Aus dem Amerikanischen von M. Artl, Elisabeth Schnack und Joachim Marten. detebe 21186

● **Raymond Chandler**
Die besten Detektivstories. Aus dem Amerikanischen von Hans Wollschläger
Diogenes Evergreens
Der große Schlaf. Roman. Deutsch von Gunar Ortlepp. detebe 20132
Die kleine Schwester. Roman. Deutsch von Walter E. Richartz. detebe 20206
Das hohe Fenster. Roman. Deutsch von Urs Widmer. detebe 20208
Der lange Abschied. Roman. Deutsch von Hans Wollschläger. detebe 20207
Die simple Kunst des Mordes. Essays, Briefe, eine Geschichte und ein Romanfragment Herausgegeben von Dorothy Gardiner und Kathrine Sorley Walker. Deutsch von Hans Wollschläger. detebe 20209
Die Tote im See. Roman. Deutsch von Hellmuth Karasek. detebe 20311
Lebwohl, mein Liebling. Roman. Deutsch von Wulf Teichmann. detebe 20312
Playback. Roman. Deutsch von Wulf Teichmann. detebe 20313
Mord im Regen. Frühe Stories. Vorwort von Philip Durham. Deutsch von Hans Wollschläger. detebe 20314
Erpresser schießen nicht. Detektivstories I
detebe 20751
Der König in Gelb. Detektivstories II
detebe 20752
Gefahr ist mein Geschäft. Detektivstories III
detebe 20753
Alle drei deutsch von Hans Wollschläger.
Englischer Sommer. 3 Stories und Essays. Vorwort von Patricia Highsmith. Deutsch von Hans Wollschläger, Wulf Teichmann u.a. detebe 20754
Als Ergänzungsband liegt vor:
Raymond Chandler. Sein Leben und Werk Biographie. Aus dem Amerikanischen von Wulf Teichmann. detebe 20960

● **G. K. Chesterton**
Pater Brown und Das blaue Kreuz. Erzählungen. detebe 20731
Pater Brown und Der Fehler in der Maschine. Erzählungen. detebe 20732
Pater Brown und Das schlimmste Verbrechen der Welt. Erzählungen. detebe 20733
Eine Trilogie der besten Pater-Brown-Geschichten. Aus dem Englischen von Heinrich Fischer, Dora Sophie Kellner, Alfred P. Zeller u.a.

● **Joseph Conrad**
Lord Jim. Roman. Aus dem Englischen von Fritz Lorch. detebe 20128
Der Geheimagent. Roman. Deutsch von G. Danehl. detebe 20212
Herz der Finsternis. Erzählung. Deutsch von Fritz Lorch. detebe 20363

● **Stephen Crane**
Das blaue Hotel. Erzählungen. Herausgegeben, aus dem Amerikanischen übersetzt und mit einem Nachwort von Walter E. Richartz. detebe 20789

● **Walter de la Mare**
Sankt Valentinstag. Erzählungen. Aus dem Englischen von Elizabeth Gilbert
detebe 21197

● **Charles Dickens**
David Copperfield. Roman. Aus dem Englischen von Gustav Meyrink. Mit einem Essay von W. Somerset Maugham. detebe 21034
Oliver Twist. Roman. Deutsch von Gustav Meyrink. detebe 21035
Nikolas Nickleby. Roman. Deutsch von Gustav Meyrink. detebe 20998
Bleakhaus. Roman. Deutsch von Gustav Meyrink. detebe 21166
Ein Weihnachtslied in Prosa. Erzählung. Deutsch von Richard Zoozmann. Mit 16 Zeichnungen von Tatjana Hauptmann
Diogenes Evergreens

● **Arthur Conan Doyle**
Sherlock Holmes Geschichten. Aus dem Englischen von Margarete Nedem. detebe 21211

● **Ralph Waldo Emerson**
Natur. Essay. Aus dem Amerikanischen von Harald Kiczka. Kleine Diogenes Evergreens
Essays. Herausgegeben und übersetzt von Harald Kiczka. Mit zahlreichen Anmerkungen und einem ausführlichen Index
detebe 21071

● **William Faulkner**
Brandstifter. Gesammelte Erzählungen I. Aus dem Amerikanischen von Elisabeth Schnack. detebe 20040

Eine Rose für Emily. Gesammelte Erzählungen II. Deutsch von Elisabeth Schnack
detebe 20041
Rotes Laub. Gesammelte Erzählungen III. Deutsch von Elisabeth Schnack
detebe 20042
Sieg im Gebirge. Gesammelte Erzählungen IV. Deutsch von Elisabeth Schnack
detebe 20043
Schwarze Musik. Gesammelte Erzählungen V. Deutsch von Elisabeth Schnack
detebe 20044
Die Unbesiegten. Roman. Deutsch von Erich Franzen. detebe 20075
Sartoris. Roman. Deutsch von Hermann Stresau. detebe 20076
Als ich im Sterben lag. Roman. Deutsch von Albert Hess und Peter Schünemann
detebe 20077
Schall und Wahn. Roman. Revidierte Übersetzung von Helmut M. Braem und Elisabeth Kaiser. detebe 20096
Absalom, Absalom! Roman. Deutsch von Hermann Stresau. detebe 20148
Go down, Moses. Chronik amilie. Deutsch von Hermann Stresau und Elisabeth Schnack. detebe 20149
Der große Wald. Jagdgeschichten. Deutsch von Elisabeth Schnack. detebe 20150
Griff in den Staub. Roman. Deutsch von Harry Kahn. detebe 20151
Der Springer greift an. Kriminalgeschichten. Deutsch von Elisabeth Schnack
detebe 20152
Soldatenlohn. Roman. Deutsch von Susanna Rademacher. detebe 20512
Moskitos. Roman. Deutsch von Richard K. Flesch. detebe 20512
Wendemarke. Roman. Deutsch von Georg Goyert. detebe 20513
Die Freistatt. Roman. Deutsch von Hans Wollschläger. detebe 20802
Licht im August. Roman. Deutsch von Franz Fein. detebe 20803
Wilde Palmen und Der Strom. Doppelroman. Deutsch von Helmut M. Braem und Elisabeth Kaiser. detebe 20988
Die Spitzbuben. Roman. Deutsch von Elisabeth Schnack. detebe 20989
Eine Legende. Roman. Deutsch von Kurt Heinrich Hansen. detebe 20990
Requiem für eine Nonne. Roman in Szenen. Deutsch von Robert Schnorr. detebe 20991
Das Dorf. Roman. Erster Teil der *Snopes*-Trilogie. Deutsch von Helmut M. Braem und Elisabeth Kaiser. detebe 20992
Die Stadt. Roman. Zweiter Teil der *Snopes*-Trilogie. Deutsch von Elisabeth Schnack
detebe 20993
Das Haus. Roman. Dritter Teil der *Snopes*-Trilogie. Deutsch von Elisabeth Schnack
detebe 20994
New Orleans. Skizzen und Erzählungen. Deutsch von Arno Schmidt. detebe 20995
Briefe. Herausgegeben und übersetzt von Elisabeth Schnack und Fritz Senn
detebe 20958

Als Ergänzungsband liegt vor:
Über William Faulkner. Essays, Rezensionen, ein Interview, Zeichnungen, Chronik und Bibliographie. Herausgegeben von Gerd Haffmans. detebe 20098

● **F. Scott Fitzgerald**
Zärtlich ist die Nacht. Roman. Neu aus dem Amerikanischen von Walter E. Richartz und Hanna Neves. Vorwort von Malcolm Cowley. Diogenes Evergreens
Auch als detebe 21119
Der große Gatsby. Roman. Revidierte Übersetzung von Walter Schürenberg
detebe 20183
Der letzte Taikun. Roman. Deutsch von Walter Schürenberg. detebe 20395
Pat Hobby's Hollywood-Stories. Übersetzt und mit Anmerkungen versehen von Harry Rowohlt. detebe 20510
Der Rest von Glück. Erzählungen 1920
detebe 20744
Ein Diamant – so groß wie das Ritz. Erzählungen 1922–1926. detebe 20745
Der gefangene Schatten. Erzählungen 1926 bis 1928. detebe 20746
Die letzte Schöne des Südens. Erzählungen 1928–1930. detebe 20747
Wiedersehen mit Babylon. Erzählungen 1930 bis 1940. detebe 20748
Alle Erzählungen in der Übersetzung von Walter Schürenberg und Walter E. Richartz
Das Liebesschiff. Erzählungen. Deutsch von Alexander Schmitz. detebe 21187

● **Ford Madox Ford**
Die allertraurigste Geschichte. Roman
Aus dem Englischen von Fritz Lorch und Helene Henze. detebe 20532

● **Henry Rider Haggard**
Sie. Roman. Aus dem Englischen von Helmut Degner. detebe 20236
König Salomons Schatzkammern. Roman. Deutsch von V. H. Schmied. detebe 20920

● **Dashiell Hammett**
Der Malteser Falke. Roman. Aus dem Amerikanischen von Peter Naujack. detebe 20131
Rote Ernte. Roman. Deutsch von Gunar Ortlepp. detebe 20292
Der Fluch des Hauses Dain. Roman. Deutsch von Wulf Teichmann. detebe 20293
Der gläserne Schlüssel. Roman. Deutsch von Hans Wollschläger. detebe 20294
Der dünne Mann. Roman. Deutsch von Tom Knoth. detebe 20295
Fliegenpapier. Detektivstories I. Deutsch von Harry Rowohlt, Helmut Kossodo, Helmut Degner, Peter Naujack und Elizabeth Gilbert. Vorwort von Lillian Hellman detebe 20911
Fracht für China. Detektivstories II. Deutsch von Elizabeth Gilbert, Antje Friedrichs und Walter E. Richartz. detebe 20912
Das große Umlegen. Detektivstories III. Deutsch von Walter E. Richartz, Hellmuth Karasek und Wulf Teichmann. detebe 20913
Das Haus in der Turk Street. Detektivstories IV. Deutsch von Wulf Teichmann detebe 20914
Das Dingsbums Küken. Detektivstories V. Deutsch von Wulf Teichmann. Nachwort von Steven Marcus. detebe 20915

● **O. Henry**
Die klügere Jungfrau. Geschichten aus den Zyklen ›Die vier Millionen‹ und ›Die klügere Jungfrau‹. Mit einem Essay von Cesare Pavese. detebe 20871
Das Herz des Westens. Geschichten aus den Zyklen ›Das Herz des Westens‹ und ›Die Stimme der Stadt‹. detebe 20872
Der edle Gauner. Geschichten aus den Zyklen ›Der edle Gauner‹ und ›Zur Wahl‹ detebe 20873
Wege des Schicksals. Geschichten aus den Zyklen ›Wege des Schicksals‹ und ›Wirbel‹ detebe 20874
Streng geschäftlich. Geschichten aus den Zyklen ›Streng geschäftlich‹ und ›Sechser und Siebner‹. detebe 20875
Rollende Steine. Geschichten aus den Zyklen ›Rollende Steine‹ und ›Strandgut‹. Mit einem Nachwort von Heinrich Böll. detebe 20876
Aus dem Amerikanischen von Annemarie und Heinrich Böll, Hans Wollschläger, Thomas Eichstätt, Wilhelm Höck, Theo Schumacher, Wolfgang Kreiter

● **Patricia Highsmith**
Leute, die an die Tür klopfen. Roman
Aus dem Amerikanischen von Anne Uhde.
Leinen

Die besten Geschichten von Patricia Highsmith. Herausgegeben von Franz Sutter Diogenes Evergreens
Der Stümper. Roman. Deutsch von Barbara Bortfeldt. detebe 20136
Zwei Fremde im Zug. Roman. Deutsch von Anne Uhde. detebe 20173
Der Geschichtenerzähler. Roman. Deutsch von Anne Uhde. detebe 20174
Der süße Wahn. Roman. Deutsch von Christian Spiel. detebe 20175
Die zwei Gesichter des Januars. Roman. Deutsch von Anne Uhde. detebe 20176
Der Schrei der Eule. Roman. Deutsch von Gisela Stege. detebe 20341
Tiefe Wasser. Roman. Deutsch von Eva Gärtner und Anne Uhde. detebe 20342
Die gläserne Zelle. Roman. Deutsch von Gisela Stege und Anne Uhde. detebe 20343
Das Zittern des Fälschers. Roman. Deutsch von Anne Uhde. detebe 20344
Lösegeld für einen Hund. Roman. Deutsch von Anne Uhde. detebe 20345
Der talentierte Mr. Ripley. Roman. Deutsch von Barbara Bortfeldt. detebe 20481
Ripley Under Ground. Roman. Deutsch von Anne Uhde. detebe 20482
Ripley's Game. Roman. Deutsch von Anne Uhde. detebe 20346
Der Schneckenforscher. Gesammelte Geschichten. Vorwort von Graham Greene. Deutsch von Anne Uhde. detebe 20347
Ein Spiel für die Lebenden. Roman. Deutsch von Anne Uhde. detebe 20348
Kleine Geschichten für Weiberfeinde Deutsch von Walter E. Richartz. Zeichnungen von Roland Topor. detebe 20349
Kleine Mordgeschichten für Tierfreunde Deutsch von Anne Uhde. detebe 20483
Venedig kann sehr kalt sein. Roman. Deutsch von Anne Uhde. detebe 20484
Ediths Tagebuch. Roman. Deutsch von Anne Uhde. detebe 20485
Der Junge, der Ripley folgte. Roman Deutsch von Anne Uhde. detebe 20649
Leise, leise im Wind. Geschichten. Deutsch von Anne Uhde. detebe 21012
Keiner von uns. Erzählungen. Deutsch von Anne Uhde. detebe 21179

Als Ergänzungsband liegt vor:
Über Patricia Highsmith. Essays und Zeugnisse von Graham Greene bis Peter Handke. Mit Bibliographie, Filmographie und zahlreichen Fotos. Herausgegeben von Fritz Senn und Franz Cavigelli. detebe 20818

● **James Joyce**
Das James Joyce Lesebuch. Auswahl aus ›Dubliner‹, ›Porträt des Künstlers‹ und

›Ulysses‹. Aus dem Englischen von Dieter E. Zimmer, Klaus Reichert und Hans Wollschläger. Nachwort von Fritz Senn
detebe 20486

● **Ring Lardner**
Geschichten aus dem Jazz-Zeitalter. Auswahl, Nachwort und Übersetzung von Fritz Güttinger. detebe 20153

● **D. H. Lawrence**
Der preußische Offizier. Sämtliche Erzählungen I. detebe 20184
England, mein England. Sämtliche Erzählungen II. detebe 20185
Die Frau, die davonritt. Sämtliche Erzählungen III. detebe 20186
Der Mann, der Inseln liebte. Sämtliche Erzählungen IV. detebe 20187
Der Fremdenlegionär. Autobiographisches und frühe Erzählungen, Fragmente. Sämtliche Erzählungen V. detebe 20188
Der Fuchs / Der Marienkäfer / Die Hauptmanns-Puppe. Sämtliche Kurzromane I detebe 20189
Der Hengst St. Mawr. Sämtliche Kurzromane II. detebe 20190
Liebe im Heu / Das Mädchen und der Zigeuner / Der Mann, der gestorben war. Sämtliche Kurzromane III. detebe 20191
Aus dem Englischen von Martin Beheim-Schwarzbach, Georg Goyert, Marta Hackel, Karl Lerbs, Elisabeth Schnack und Gerda von Uslar. Im Anhang des letzten Bandes Nachweis der Erstdrucke, Anmerkungen und Literaturhinweise
Liebe, Sex und Emanzipation. Essays Deutsch von Elisabeth Schnack
detebe 20955
John Thomas & Lady Jane. Roman. Deutsch von Susanna Rademacher. detebe 20299
Briefe. Deutsch von Elisabeth Schnack, Einleitung von Aldous Huxley, Nachwort von Elisabeth Schnack, Personenverzeichnis, Chronik und Bibliographie. detebe 20954

● **Doris Lessing**
Hunger. Erzählung. Aus dem Englischen von Lore Krüger. detebe 20255
Der Zauber ist nicht verkäuflich. Afrikanische Geschichten. Deutsch von Lore Krüger, Marta Hackel und Elisabeth Schnack
detebe 20886

● **Jack London**
Seefahrer- & Goldgräber-Geschichten. Aus dem Englischen von Erwin Magnus. Vorwort von Herbert Eisenreich. Diogenes Evergreens

● **Carson McCullers**
Wunderkind. Erzählungen I. Aus dem Amerikanischen von Elisabeth Schnack
detebe 20140
Madame Zilensky und der König von Finnland. Erzählungen II. Deutsch von Elisabeth Schnack. detebe 20141
Die Ballade vom traurigen Café. Novelle. Deutsch von Elisabeth Schnack. Diogenes Evergreens. Auch als detebe 20142
Das Herz ist ein einsamer Jäger. Roman Deutsch von Susanna Rademacher
detebe 20143
Spiegelbild im goldnen Auge. Roman Deutsch von Richard Moering
detebe 20144
Frankie. Roman. Deutsch von Richard Moering. detebe 20145
Uhr ohne Zeiger. Roman. Deutsch von Elisabeth Schnack. detebe 20146

Als Ergänzungsband liegt vor:
Über Carson McCullers. Essays von und über Carson McCullers. Deutsch von Elisabeth Schnack und Elizabeth Gilbert. Mit Chronik und Bibliographie. Herausgegeben von Gerd Haffmans. detebe 20147

● **A.E.W. Mason**
Die vier Federn. Roman. Aus dem Englischen von Thomas Schlück. detebe 21167

● **W. Somerset Maugham**
Honolulu. Gesammelte Erzählungen I detebe 20331
Das glückliche Paar. Gesammelte Erzählungen II. detebe 20332
Vor der Party. Gesammelte Erzählungen III detebe 20333
Die Macht der Umstände. Gesammelte Erzählungen IV. detebe 20334
Lord Mountdrago. Gesammelte Erzählungen V. detebe 20335
Fußspuren im Dschungel. Gesammelte Erzählungen VI. detebe 20336
Ashenden oder Der britische Geheimagent. Gesammelte Erzählungen VII. detebe 20337
Entlegene Welten. Gesammelte Erzählungen VIII. detebe 20338
Winter-Kreuzfahrt. Gesammelte Erzählungen IX. detebe 20339
Fata Morgana. Gesammelte Erzählungen X detebe 20340
Aus dem Englischen von Felix Gasbarra, Marta Hackel, Ilse Krämer, Claudia und Wolfgang Mertz, Wulf Teichmann, Friedrich Torberg, Kurt Wagenseil, Mimi Zoff, u.a.

Rosie und die Künstler. Roman. Deutsch von Hans Kauders und Claudia Schmölders detebe 20086
Silbermond und Kupfermünze. Roman Deutsch von Susanne Feigl. detebe 20087
Auf Messers Schneide. Roman. Deutsch von N. O. Scarpi. detebe 20088
Theater. Roman. Deutsch von Renate Seiller und Ute Haffmans. detebe 20163
Damals und heute. Roman. Deutsch von Hans Flesch und Ann Mottier detebe 20164
Der Magier. Roman. Deutsch von Melanie Steinmetz und Ute Haffmans. detebe 20165
Oben in der Villa. Roman. Deutsch von William G. Frank und Ann Mottier detebe 20166
Mrs. Craddock. Roman. Deutsch von Elisabeth Schnack. detebe 20167
Der Menschen Hörigkeit. Roman in 2 Bänden. Deutsch von Mimi Zoff und Susanne Feigl. Diogenes Evergreens. Auch als detebe 20298
Südsee-Romanze. Roman. Deutsch von Mimi Zoff. detebe 21003
Meistererzählungen. Ausgewählt von Gerd Haffmans. Diogenes Evergreens

● **Herman Melville**
Moby-Dick. Roman. Aus dem Amerikanischen von Thesi Mutzenbecher und Ernst Schnabel. detebe 20385
Billy Budd. Erzählung. Deutsch von Richard Moering. detebe 20787

● **Thomas Morus**
Utopia. Aus dem Lateinischen von Alfred Hartmann, Nachwort von Erasmus von Rotterdam. detebe 20420

● **Sean O'Casey**
Purpurstaub. Komödie. Aus dem Englischen von Helmut Baierl und Georg Simmgen detebe 20002
Dubliner Trilogie. Tragödien. Deutsch von Maik Hamburger, Adolf Dresen, Volker Canaris und Dieter Hildebrandt detebe 20034
Ich klopfe an. Autobiographie I. Deutsch von Georg Goyert. detebe 20394
Bilder in der Vorhalle. Autobiographie II Deutsch von Georg Goyert. detebe 20761
Trommeln unter den Fenstern. Autobiographie III. Deutsch von Werner Beyer detebe 20762
Irland, leb wohl! Autobiographie IV. Deutsch von Werner Beyer. detebe 20763
Rose und Krone. Autobiographie v. Deutsch von Werner Beyer. detebe 20764
Dämmerung und Abendstern. Autobiographie VI. Deutsch von Werner Beyer detebe 20765
Das Sean O'Casey Lesebuch. Eine Auswahl aus den Stücken, der Autobiographie und den Essays. Mit einem Vorwort von Heinrich Böll und einem Nachwort von Klaus Völker. Herausgegeben mit Anmerkungen, einer Chronik und Daten zur irischen Geschichte von Urs Widmer. detebe 21126

● **Frank O'Connor**
Und freitags Fisch. Gesammelte Erzählungen I. detebe 20170
Mein Ödipus-Komplex. Gesammelte Erzählungen II. detebe 20352
Don Juans Versuchung. Gesammelte Erzählungen III. detebe 20353
Eine unmögliche Ehe. Gesammelte Erzählungen IV. detebe 20354
Eine selbständige Frau. Gesammelte Erzählungen v. detebe 20355
Brautnacht. Gesammelte Erzählungen VI detebe 20356
Die Reise nach Dublin. Roman. Leinen
Einziges Kind. Biographie I. detebe 21021
Meines Vaters Sohn. Biographie II detebe 21022
Alle Bände dem Englischen übersetzt von Elisabeth Schnack

● **Sean O'Faolain**
Sünder und Sänger. Ausgewählte Erzählungen I. Aus dem Englischen von Elisabeth Schnack. detebe 20231
Trinker und Träumer. Ausgewählte Erzählungen II. Deutsch von Elisabeth Schnack detebe 20741
Lügner und Liebhaber. Ausgewählte Erzählungen III. Deutsch von Elisabeth Schnack detebe 20742

● **Liam O'Flaherty**
Zornige grüne Insel. Roman. Aus dem Englischen von Hubert Roch Diogenes Evergreens
Armut und Reichtum. Ausgewählte Erzählungen. Deutsch von Elisabeth Schnack detebe 20232
Ich ging nach Rußland. Reisebericht Deutsch von Heinrich Hauser detebe 20016
Der Denunziant. Roman. Deutsch von H. Hauser. detebe 21191

● George Orwell
Erledigt in Paris und London. Bericht. Aus dem Englischen von Alexander Schmitz. detebe 20533
Tage in Burma. Roman. Deutsch von Susanna Rademacher. detebe 20308
Eine Pfarrerstochter. Roman. Deutsch von Hanna Neves. detebe 21088
Die Wonnen der Aspidistra. Roman. Deutsch von Nikolaus Stingl. detebe 21086
Der Weg nach Wigan Pier. Sozialreportage. Deutsch von Manfred Papst. detebe 21000
Mein Katalonien. Bericht über den Spanischen Bürgerkrieg. Deutsch von Wolfgang Rieger. detebe 20214
Auftauchen, um Luft zu holen. Roman Deutsch von Helmut M. Braem detebe 20804
Farm der Tiere. Ein Märchen. Neu aus dem Englischen übersetzt von Michael Walter. Mit Zeichnungen von F. K. Waechter und einem neuentdeckten Nachwort des Autors ›Die Pressefreiheit‹. Diogenes Evergreens Auch als detebe 20118
1984. Roman. Deutsch von Kurt Wagenseil. detebe 21089
Im Innern des Wals. Ausgewählte Essays I. Deutsch von Felix Gasbarra und Peter Naujack. detebe 20213
Rache ist sauer. Ausgewählte Essays II. Deutsch von Felix Gasbarra, Peter Naujack und Claudia Schmölders. detebe 20250
Das George Orwell Lesebuch. Herausgegeben und mit einem Nachwort von Fritz Senn. Deutsch von Tina Richter. detebe 20788
Denken mit Orwell. Sätze für Zeitgenossen, zusammengestellt von Fritz Senn. Deutsch von Felix Gasbarra und Tina Richter. Mit 8 Zeichnungen von Tomi Ungerer. Kleine Diogenes Evergreens

● Edgar Allan Poe
Die schwarze Katze und andere Verbrechergeschichten. detebe 21183
Die Maske des roten Todes und andere phantastische Fahrten. detebe 21184
Der Teufel im Glockenstuhl und andere Scherz- und Spottgeschichten. detebe 21185
Der Untergang des Hauses Usher und andere Geschichten von Schönheit, Liebe und Wiederkunft. detebe 21182
Alle Bände herausgegeben von Theodor Etzel. Aus dem Amerikanischen von Gisela Etzel, Wolf Durian u.a.

● Saki
Die offene Tür. Ausgewählte Erzählungen. Aus dem Englischen von Günter Eichel Illustrationen von Edward Gorey detebe 20115

● Olive Schreiner
Geschichte einer afrikanischen Farm. Roman. Aus dem Englischen von Elisabeth Schnack detebe 20885

● William Shakespeare
Dramatische Werke in 10 Bänden
In der Übersetzung von Schlegel/Tieck. Als Vorlage diente die Edition von Hans Matter. Jeder Band mit einer editorischen Notiz des Herausgebers und Illustrationen von Heinrich Füßli aus der Ausgabe von 1805.
Romeo und Julia / Hamlet / Othello detebe 20631
König Lear / Macbeth / Timon von Athen detebe 20632
Julius Cäsar / Antonius und Cleopatra Coriolanus. detebe 20633
Verlorene Liebesmüh / Die Komödie der Irrungen / Die beiden Veroneser / Der Widerspenstigen Zähmung. detebe 20634
Ein Sommernachtstraum / Der Kaufmann von Venedig / Viel Lärm um nichts / Wie es euch gefällt / Die lustigen Weiber von Windsor. detebe 20635
Ende gut, alles gut / Was ihr wollt / Troilus und Cressida / Maß für Maß. detebe 20636
Cymbeline / Das Wintermärchen / Der Sturm. detebe 20637
Heinrich der Sechste / Richard der Dritte detebe 20638
Richard der Zweite / König Johann Heinrich der Vierte. detebe 20639
Heinrich der Fünfte / Heinrich der Achte Titus Andronicus. detebe 20640
Shakespeare's Sonette. Deutsch und englisch, Nachdichtung von Karl Kraus. Statt eines Nachworts ein Essay von Karl Kraus aus der Fackel: »Sakrileg an George oder Sühne an Shakespeare?« detebe 20381

● Alan Sillitoe
Der Mann, der Geschichten erzählte. Roman. Deutsch von Hanna Neves. Leinen
Die Flamme des Lebens. Roman. Aus dem Englischen von Hanna Neves. Leinen
Der Sohn des Witwers. Roman. Deutsch von Peter Naujack. Leinen
Samstagnacht und Sonntagmorgen. Roman. Deutsch von Gerda von Uslar. detebe 20230

Ein Start ins Leben. Roman. Deutsch von Günter Eichel und Anna von Cramer-Klett detebe 20545
Der Tod des William Posters. Roman Deutsch von Peter Naujack. detebe 20952
Der brennende Baum. Roman. Deutsch von Peter Naujack. detebe 20953
Die Einsamkeit des Langstreckenläufers Erzählungen I. Deutsch von Günther Klotz detebe 20413
Fußball. Erzählungen II. Deutsch von Hedwig Jolenberg und Günther Klotz detebe 20414
Die Lumpensammlerstochter. Erzählungen III. Deutsch von Wulf Teichmann detebe 20415
Mimikry. Erzählungen IV. Deutsch von Wulf Teichmann und Anna von Cramer-Klett detebe 20416
Männer, Frauen und Kinder. Erzählungen V. Deutsch von Wulf Teichmann. detebe 20417

● **Muriel Spark**
Memento Mori. Aus dem Englischen von Peter Naujack. detebe 20892
Junggesellen. Roman. Deutsch von Elisabeth Schnack. detebe 20893
Portobello Road. Erzählungen. Deutsch von Peter Naujack und Elisabeth Schnack detebe 20894
Die Blütezeit der Miss Jean Brodie. Roman Deutsch von Peter Naujack. detebe 21055
Die Ballade von Peckham Rye. Roman Deutsch von Elisabeth Schnack detebe 20119
Robinson. Roman. Deutsch von Elizabeth Gilbert. detebe 21090
Die Tröster. Roman. Deutsch von Peter Naujack. detebe 21089
Vorsätzlich Herumlungern. Roman. Deutsch von Hanna Neves. detebe 21195

● **Laurence Sterne**
Tristram Shandy. Roman. Aus dem Englischen von Rudolf Kassner. Anmerkungen von Walther Martin. detebe 20950

● **R. L. Stevenson**
Werke in 12 Bänden. Nach der Edition und Übersetzung aus dem Englischen von Curt und Marguerite Thesing
Die Schatzinsel. Roman. detebe 20701
Der Junker von Ballantrae. Roman detebe 20703
Die Entführung. Roman. detebe 20704
Catriona. Roman. detebe 20705
Die Herren von Hermiston. Roman (Fragment). detebe 20702
Der Pavillon auf den Dünen / Der seltsame Fall von Dr. Jekyll und Mr. Hyde Zwei Novellen. detebe 20706
Der Selbstmörderklub / Der Diamant des Rajahs. Zwei Geschichtensammlungen detebe 20707
Die tollen Männer und andere Geschichten detebe 20708
Der Flaschenteufel und andere Geschichten detebe 20709
Der Leichenräuber und andere Geschichten detebe 20710
In der Südsee. Ein Reiseabenteuer in zwei Bänden mit einer Karte. detebe 20711-20712

● **Henry David Thoreau**
Walden oder Leben in den Wäldern. Aus dem Amerikanischen von Emma Emmerich und Tatjana Fischer. Mit Anmerkungen, Chronik und Register und mit einem Vorwort von W. E. Richartz. detebe 20019
Über die Pflicht zum Ungehorsam gegen den Staat und andere Essays. Auswahl, Übersetzung und Nachwort von W. E. Richartz detebe 20063

● **Mark Twain**
Die besten Geschichten von Mark Twain Herausgegeben von Christian Strich Diogenes Evergreens
Die Million-Pfund-Note. Erzählungen. Aus dem Amerikanischen von N. O. Scarpi, Marie-Louise Bischof und Ruth Binde detebe 20918
Menschenfresserei in der Eisenbahn. Erzählungen. Deutsch von Marie-Louise Bischof und Ruth Binde. detebe 20919

● **Evelyn Waugh**
Auf der schiefen Ebene. Roman. Aus dem Englischen von Hermen von Kleeborn detebe 21173
Der Knüller. Roman. Deutsch von Elisabeth Schnack. detebe 21176
Lust und Laster. Roman. Deutsch von Hermen von Kleeborn. detebe 21174
Tod in Hollywood. Roman. Deutsch von Peter Gan. detebe 21175

● **H. G. Wells**
Der Krieg der Welten. Roman. Aus dem Englischen von G. A. Crüwell und Claudia Schmölders. detebe 20171
Die Zeitmaschine. Roman. Deutsch von Peter Naujack. detebe 20172

● Nathanael West
Schreiben Sie Miss Lonelyhearts. Roman. Aus dem Amerikanischen von Fritz Güttinger. Einleitung von Alan Ross. detebe 20058
Tag der Heuschrecke. Roman. Deutsch von Fritz Güttinger. detebe 20059
Eine glatte Million oder Die Demontage des Mister Lemuel Pitkin. Roman. Übersetzung, Anmerkungen und Nachwort von Dieter E. Zimmer. detebe 20249

● Oscar Wilde
Der Sozialismus und die Seele des Menschen. Ein Essay. Aus dem Englischen von Gustav Landauer und Hedwig Lachmann
detebe 20003
Sämtliche Erzählungen. Mit Zeichnungen von Aubrey Beardsley. Herausgegeben und mit einem Nachwort von Gerd Haffmans detebe 20985

● P. G. Wodehouse
Promenadenmischung. Geschichten. Aus dem Englischen von Günter Eichel
detebe 21056

detebe-Anthologien

Chinesisches Novellenbuch
Herausgegeben von Jan Tschichold. Mit einer literarischen Notiz und Anmerkungen von Eduard Grisebach sowie einem Nachwort von Jan Tschichold. Deutsch von Eduard Grisebach. detebe 21177

Das Diogenes Lesebuch klassischer deutscher Erzähler
Erzählungen von den Brüdern Grimm, Georg Büchner, Wilhelm Busch, Joseph von Eichendorff, Friedrich de la Motte Fouqué, Johann Wolfgang von Goethe, Jeremias Gotthelf, Wilhelm Hauff, Friedrich Hebbel, Johann Peter Hebel, Heinrich Heine, E.T.A. Hoffmann, Gottfried Keller, Heinrich von Kleist, Conrad Ferdinand Meyer, Eduard Mörike, Jean Paul und Christoph Martin Wieland. 3 Bände. Herausgegeben von Christian Strich und Gerd Haffmans
detebe 20727, 20728, 20669

Das Diogenes Lesebuch moderner deutscher Erzähler
Erzählungen von Alfred Andersch, Gottfried Benn, Rainer Brambach, Bertolt Brecht, Heinrich Böll, Manfred von Conta, Hugo Dittberner, Friedrich Dürrenmatt, Herbert Eisenreich, Hans Jürgen Fröhlich, Heidi Frommann, Franz Fühmann, Hermann Hesse, Wolfgang Hildesheimer, Otto Jägersberg, Franz Kafka, Erich Kästner, Hermann Kinder, Jürgen Lodemann, Heinrich Mann, Thomas Mann, Fanny Morweiser, Robert Musil, Walter E. Richartz, Herbert Rosendorfer, Joseph Roth, Arno Schmidt, Hermann Harry Schmitz, Arthur Schnitzler, Ludwig Thoma, B. Traven, Kurt Tucholsky, Walter Vogt, Martin Walser, Robert Walser, Frank Wedekind, Urs Widmer, Hans Wollschläger und Stefan Zweig. 2 Bände. Herausgegeben von Christian Strich und Gerd Haffmans. detebe 20782 und 20776

Das Diogenes Lesebuch amerikanischer Erzähler
Erzählungen von Sherwood Anderson, Ambrose Bierce, Ray Bradbury, Harold Brodkey, Erskine Caldwell, Raymond Chandler, Stephen Crane, William Faulkner, F. Scott Fitzgerald, Dashiell Hammett, Bret Harte, Nathaniel Hawthorne, Ernest Hemingway, O. Henry, Patricia Highsmith, Washington Irving, Ring Lardner, Jack London, Carson McCullers, Herman Melville, Dorothy Parker, Edgar A. Poe, K. A. Porter und Mark Twain. Herausgegeben von Gerd Haffmans. detebe 20271

Das Diogenes Lesebuch englischer Erzähler
Erzählungen von John Buchan, G. K. Chesterton, Agatha Christie, Wilkie Collins, Joseph Conrad, Rudyard Kipling, D. H. Lawrence, Doris Lessing, Katherine Mansfield, Walter de la Mare, W. S. Maugham, George Orwell, William Plomer, Saki, Alan Sillitoe, Muriel Spark, R. L. Stevenson und H. G. Wells. Herausgegeben von Gerd Haffmans. detebe 20272

Das Diogenes Lesebuch irischer Erzähler
Erzählungen von Lord Dunsany, Brian Friel, James Joyce, J. S. Le Fanu, John Montague, George Moore, Edna O'Brien, Sean O'Casey, Frank O'Connor, Sean O'Faolain, Liam O'Flaherty und Oscar Wilde. Herausgegeben von Gerd Haffmans. detebe 20273

Das Diogenes Lesebuch französischer Erzähler
Erzählungen von Stendhal, Honoré de Balzac, Prosper Mérimée, Charles Baudelaire, Gustave Flaubert, Jules Verne, Villiers de l'Isle-Adam, Emile Zola, Guy de Maupassant, Charles Ferdinand Ramuz, Marcel Aymé und Georges Simenon. Herausgegeben von Anne Schmucke und Gerda Lheureux. detebe 20304

Gespenster
Die besten Gespenstergeschichten aus England von Daniel Defoe, Edward Bulwer-Lytton, Wilkie Collins, W.W. Jacobs, E.F. Benson, Richard Middleton, W.F. Harvey, Enid Bagnold, A.J. Alan, Mary Hottinger, Elizabeth Bowen, Algernon Blackwood, Daphne du Maurier und M.R. James. Herausgegeben von Mary Hottinger
detebe 20497

Mehr Gespenster
Die besten Gespenstergeschichten aus England, Schottland und Irland von George Mackay Brown, H.G. Wells, Rudyard Kipling, William F. Harvey, Sheridan Le Fanu, Ambrose Bierce, Saki, Andrew Lang, Forbes

Bramble, James Allan Ford, Angus Wolfe Murray, Iain Crichton Smith, Fred Urquhart, John McGahern, Brian Moore, Terence de Vere White. Herausgegeben von Mary Hottinger. detebe 21027

Russische Kriminalgeschichten
von Michail Lermontow, Iwan Turgenjew, Pawel Melnikow, Fjodor Dostojewskij, Nikolaj Lesskow, Michail Saltykow-Stschedrin, Anton Tschechow, Michail Kusmin, Valerij Brjussow und Wenjamin Kawerin. Auswahl, Übersetzung und Nachwort von Johannes von Guenther. detebe 21127

Moderne deutsche Liebesgedichte
von Alfred Andersch, Ingeborg Bachmann, Konrad Bayer, Hans Bender, Gottfried Benn, Rainer Brambach, Bertolt Brecht, Paul Celan, Hans Magnus Enzensberger, Stefan George, Günter Grass, Georg Heym, Walter Höllerer, Hugo von Hofmannsthal, Erich Kästner, Karl Krolow, Michael Krüger, Reiner Kunze, Else Lasker-Schüler, Christian Morgenstern, Heinz Piontek, Rainer Maria Rilke, Joachim Ringelnatz, Peter Rühmkorf, Georg Trakl, Robert Walser und vielen anderen Dichtern der Gegenwart. Herausgegeben von Rainer Brambach detebe 20777

Liebesgeschichten aus Deutschland
von Christoph Martin Wieland, Goethe, Johann Peter Hebel, E. T. A. Hoffmann, Heinrich von Kleist, Joseph von Eichendorff, Heinrich Heine, Frank Wedekind, Heinrich Mann, Thomas Mann, Hermann Hesse, Bertolt Brecht, Arno Schmidt, Alfred Andersch, Heinrich Böll, W. E. Richartz, Otto Jägersberg u.v.a. Herausgegeben von Christian Strich und Fritz Eicken. detebe 21122

Liebesgeschichten aus England
von R.L. Stevenson, Oscar Wilde, Joseph Conrad, Rudyard Kipling, William Somerset Maugham, Virginia Woolf, D.H. Lawrence, Clemence Dane, Katherine Mansfield, Muriel Spark und Alan Silitoe. Herausgegeben von William Matheson. detebe 21204

Liebesgeschichten aus Irland
von G. B. Shaw, George Moore, Lord Dunsany, Liam O'Flaherty, Frank O'Connor, Sean O'Faolain, Elizabeth Bowen, Brian MacMahon, Edna O'Brien, Brian Friel, John Montague u.v.a. Herausgegeben und übersetzt von Elisabeth Schnack. detebe 20629

Liebesgeschichten aus Italien
von Giovanni Boccaccio, Matteo Bandello, Francesco Maria Molza, Giustiniano Nelli, Liberale Motense, Pietro Fortini, Giovanni Battista Giraldi, Giambattista Basile, Giovanni Verga, Edmondo de Amicis, Giovanni Pascoli, Italo Svevo, Gabriele d'Annunzio, Luigi Pirandello, Giuseppe Tomasi di Lampedusa, Mario Soldati, Alberto Moravia, Cesare Pavese, Italo Calvino. Herausgegeben von William Matheson detebe 21202

Liebesgeschichten aus Österreich
von Adalbert Stifter, Marie von Ebner-Eschenbach, Arthur Schnitzler, Hugo von Hofmannsthal, Stefan Zweig, Hermann Broch, Albert Paris Gütersloh, Franz Werfel, Joseph Roth, Heimito von Doderer u.v.a. Herausgegeben von Maria und Herbert Eisenreich. detebe 21123

Liebesgeschichten aus Rußland
von Alexander Puschkin, Nikolai Gogol, Michail Lermontow, Iwan Turgenjew, Fjodor Dostojewskij, Nikolai Lesskow, Anton Tschechow, Iwan Bunin, Konstantin Paustowskij u.v.a. Herausgegeben und übersetzt von Johannes von Guenther. detebe 21013

Liebesgeschichten aus der Schweiz
von Jeremias Gotthelf, Rodolphe Töpffer, Gottfried Keller, C. F. Meyer, Heinrich Zschokke, C. F. Ramuz, Maurice Sandoz, Robert Walser, Friedrich Dürrenmatt, Max Frisch, Rainer Brambach, Urs Widmer u.v.a. Herausgegeben von Christian Strich und Tobias Inderbitzin. detebe 21124

Liebesgeschichten aus Spanien
von Miguel de Cervantes Saavedra, Pedro A. de Alarcón, Clarín, Miguel de Unamuno, Ramón Pérez de Ayala, Juan Antonio de Zunzunegui, Francisco Ayala, Medardo Fraile, Ana Maria Matute. Herausgegeben von Christine Haffmans. detebe 21203

Ein Panorama europäischen Geistes
Texte aus drei Jahrtausenden, ausgewählt und vorgestellt von Ludwig Marcuse. Mit einem Vorwort von Gerhard Szczesny.
I. Von Diogenes bis Plotin
II. Von Augustinus bis Hegel
III. Von Karl Marx bis Thomas Mann
detebe 21160–21162

Science-Fiction-Geschichten des Golden Age
von Poul Anderson, Isaac Asimov, James Blish, Ray Bradbury, John Christopher, Arthur C. Clarke, Robert A. Heinlein, J. T. McIntosh, Walter M. Miller, Alan E. Nourse, Clifford D. Simak. Herausgegeben von Peter Naujack. detebe 21048

Klassische Science-Fiction-Geschichten
von Ambrose Bierce, Arthur Conan Doyle, Francis Scott Fitzgerald, E. M. Forster, Egon Friedell, Nathaniel Hawthorne, E. T. A. Hoffmann, Washington Irving, Kurd Laßwitz, Lukian, André Maurois, Edgar Allan Poe, Maurice Renard, J. H. Rosny Aîné, Paul Scheerbart, Hermann Harry Schmitz, Jules Verne, Voltaire, H. G. Wells. Herausgegeben von William Matheson. detebe 21049

Neues deutsches Theater
Stücke von Wolfgang Bauer, Bazon Brock, Wolfgang Deichsel, Rainer Werner Faßbinder, Barbara Frischmuth, Hans-Jürgen Fröhlich, Peter Handke, Heinrich Henkel, Ernst Jandl, Gerhard Kelling, Renke Korn, Franz Xaver Kroetz, Peter Matejka, W. E. Richartz, Herbert Rosendorfer, Gerhard Rühm, Harald Sommer, Heinrich Wiesner, Wolf Wondratschek, Konrad Wünsche und Jochen Ziem. Herausgegeben von Karlheinz Braun und Peter Iden. detebe 20018

Weltuntergangsgeschichten
von Alfred Andersch, Ray Bradbury, Fredric Brown, Friedrich Dürrenmatt, David Ely, Edgar A. Poe, Arno Schmidt, Jules Verne, Robert Walser, H. G. Wells. Mit Zeichnungen von Gustave Doré, Albrecht Dürer, Férat/Barbant, Paul Flora, Edward Gorey, Horst Hussel, Alfred Kubin, Roland Topor. Kompiliert vom Diogenes-Katastrophen-Kollektiv. detebe 20806